ぼくたちのアリウープ

五十嵐貴久

PHP
文芸文庫

○本表紙デザイン＋ロゴ＝川上成夫

ぼくたちのアリウープ 目次

アリウープ（Alley-oop）…バスケットボールのシュートのひとつ。
パスを空中で受けとり、そのままシュートをすること。
一説には“Alley to hoop”がなまった語ともいわれている。
“Alley”は小道、“Hoop”はリングの意。

ぼくたちのアリウープ

祝！　高校入学……だけど

1

要するにラッキーだった。

いきなり何の話かと思われそうだが、つまりぼくの高校受験のことだ。ぼくが中野区にある名門高校、私立国分《こくぶ》学園高校に入れたのは、早い話が運がよかっただけのことなのだった。

ぼくが通っていたのは中野区にある普通の区立中学だ。別に、特筆すべきところは何もない。

どこにでもあるような平凡な中学校だった。進学校というわけでもない。ほとんどの連中がそのまま持ち上がるようにして都立高校を受け、だらだらと進学していく。そんな学校だ。

国分学園のような超名門校を受けるのは、成績トップクラスのほんのひと握りだけ。ホントにどこにでもあるような中学だった。

ぼくはその中学の中でもまさにど真ん中、成績でいったら中《ちゅう》の中の存在だった。ゴメン、ちょっと見栄《みえ》を張った。本当は中の下ぐらいだ。

もしかしたら下の上《じょう》かもしれない。ビリということはなかったけれど、まあそういうポジションにいた。とてもじゃないが、国分学園など行けるはずもない。そんな成績だった。

「向上心があるのはいいことだけどな。でもジュンペー。できることとできないことがある。チャレンジしても無駄なことがあるんだ」

中三の進路相談で、ぼくの担任の片村イタル先生はそう言った。ジュンペーというのはもちろん、ぼくのことだ。

斉藤順平、十五歳。血液型はO型で、星座はうお座。身長百七十九センチ、体重七十キロ。

ルックスはまあまあイケてる方だと自分では勝手に判断している。中二のバレンタインデーにはチョコレートを六つもらった。つきあうまでには至らなかったけど、そこそこ人気はある。それがぼくだった。

「はっきり言うよ、ジュンペー。お前の成績じゃ国分は無理だ」

イタル先生がそう言った。イタルに限ったことではないが、誰もがぼくのことをジュンペーとカタカナ表記で呼ぶ。男子女子先輩後輩かかわらずだ。そんなにぼくはジュンペー的な性格なのだろうかと時々思うこともあるが、嫌いな名前でもないのでそのままにしている。

「だけど、先生。ぼく国分学園に行きたいんですよ」

「そりゃこの辺に住んでる中学生はみんなそうだろう」

「気持ちだったら負けないって」

「ジュンペー、高校受験っていうのはな、気持ちや熱意で受かるものじゃないんだ。もっとドライなものなんだよ」

「そんなこと言ったって」

「まあ、やる気がないよりはいいんだけどな」イタルが腕を組んだ。「しかし、お前の成績じゃ受けるだけ無駄だよ」

「ひどいこと言うねえ。それでも担任なの？」

「担任だからこそ言っている。上下に分けたら、はっきり言ってお前は下位グループなんだぞ」

「知ってるよ、そんなの。だけどさ、ぼくはどうしても国分に行きたいの」

「何でなんだ？」

「バスケットボール」ぼくは宙《ちゅう》に手を伸ばした。「国分でバスケやりたいんすよ」

「ああそうか。お前、バスケ部だもんな」

そうなのだ。ぼくは中学でバスケ部に入っていた。最終的な背番号は四番。つまりキャプテンまでやっていたのだった。

ただし、キャプテンとかいっても、自慢にはならない。何しろ部員数が五人と、ようやく試合ができるだけの人数しかいなかった。一年二年三年合わせてだ。

それほどぼくの通っていた中学ではバスケットボールに人気がなかった。何でだろう、こんなに面白いのに。

「まあな、国分のバスケ部は有名だもんな」イタルがうなずいた。「先生は専門外だけど、それぐらいのことは知ってる」

「でしょ？　だからさ、国分のバスケ部に入りたいんすよ」

国分は文武両道の名門校だ。野球は甲子園の常連校だし、その他のスポーツでもインターハイなんかにはしょっちゅう出てる。それでいて東大への進学者数が全国でもトップレベルなのだから、どれだけいい学校なのかという話だ。

「だけどなあ。バスケ部に入るっていうのは、高校に受かってからの話だからな」

そもそもの前提条件から違っている、とイタルが肩をすくめた。そんなことはぼくにだってわかっている。思わずため息をついた。

単純に、ぼくはもっと環境のいいところでバスケをしたかった。中学ではそんなこと無理だった。何しろクラブには五人しかメンバーがいないのだ。交替することもできやしない。おまけに、チームはとてつもなく弱かった。

もちろん、ぼくはぼくのチームが嫌いではない。弱小チームだったけど、それなりに愛着もあった。一生懸命やってきたつもりだ。だけどはっきり言って、ドリブルひとつまともにできない奴も中にはいたのだ。そんなチームでは何もできない。

ぼく個人の話をしよう。ぼくはそこそこ身長もある。運動神経はいい方だ。ずば抜けていいのかと訊《き》かれると困るが、他チームのエースとワンオンワンをやっても負けないぐらいの自信はある。まだ成長期だから、身長だってもう少し伸びるだろう。

ガタイだってよくなるはずだ。体力、運動神経的には申し分ない。あとは周りの環境だけなのだ。そのためには国分学園に行くのが一番の早道だった。繰り返すようだが、国分のバスケ部は名門だ。そこへ行けば、もっとうまくなれる。強くなれる。最終的にはレギュラーだって狙えるはずだとぼくは信じていた。

「だから、そのためには受験に勝たなきゃならない。そうだろ？」

イタルが言った。ぼくは黙ってうなずいた。

「そしてそのためには勉強ができなきゃダメだ。お前が言ってるように、確かにお前はフィジカルな部分では問題ないだろう。先生は美術の先生だから、専門的なことはわからないけど、お前が体育の授業なんかで活躍しているという話はよく聞く。成績だって五段階評価の五だったな。だが、勉強がそれに反比例してるんだよ」

「わかってる。何度も言わないでくださいっつーの」

ちょっとぼくは不機嫌になった。成績のことは何度も言われたくないのだ。

「こっちだって同じことを繰り返して言いたくはないよ」

イタルが不安そうにうつむいた。イタルは先生にしてはいい奴なのだが、ちょっと気の弱いところがある。

生徒に対して強く出られないのだ。性格的なものなのだろう。実はあんまり先生には向いてない人なのだ。

「とにかく、国分を受けたいんです」

「ジュンペー、無駄だって」

「やってみなくちゃわかんないじゃん」

「それを言い出したらきりがない」

だってさ、とぼくは顔を上げた。

「宝くじだって買わなきゃ当たんない。そうでしょ？　エントリーしてみなくちゃ、何も始まんないじゃない」

「みんなそう思ってる。みんなそう思って宝くじを買う。そしてみんな外れるんだ」

「外れたら諦《あきら》めもつく。後悔するのは、あの時買っておけばよかったと思うことだよ」

「受験と宝くじを一緒にしちゃダメだよ」

そんなふうにぼくたちは、まったくかみ合わない話し合いを続けた。結局、折れたのはイタルの方だった。何しろイタルは悪い奴ではないので、最終的にはこっちの希望を受け入れてくれるのだった。それは最初からわかっていた。

そういうわけで、ぼくは国分学園高校を受験した。それなりに勉強したけれど、もちろんそんな付け焼き刃的なことが身につくはずもない。

合格するはずがないというイタルの意見はもっともだったし、ぼく自身も実際のところは受かるわけがないとほぼ悟《さと》りの境地《きょうち》にいた。一月にやった最後の模試の結果も、合格率は四〇パーセント台だった。記念受験なのだ、とさえ思っていた。

だが世の中はわからない。何万分の一という低い確率ではあるけれど、奇跡が起きないとは言い切れないのだ。そして奇跡は起こった。ぼくの身の上に。

国分は英国数理社の五科目受験なのだけれど、信じられないほどにヤマが当たった。しかも全科目だ。

ぼくは受験に当たって、すべてを勉強するのは不可能だと悟って、早い段階から読みを絞《しぼ》って、重点のみ準備するというはなはだ安易《あんい》な方法論で臨《のぞ》んでいたのだけれど、それがはまったのだ。

まるで問題を作ったのが自分自身であるかのように、ヤマはズバズバ当たった。一科目だけではない。すべての科目についてそんなことが起こった。

正直、ドッキリカメラではないかと焦《あせ》るほどだった。だが神聖な高校受験においてドッキリなどあるはずもない。こんなにうまくいっていいものかと思いながらも、ぼくは答案用紙を埋めていったのだった。

もちろん、すべてがそうだったというわけじゃない。ぶっちゃけ、何を言ってるのか意味さえわからない問題だって、あることはあった。

だが、どういうわけかそういう問題に限って、三択だったり五択だったりしたというのも事実だった。そして、ぼくはもともとカンが鋭い。勝負所となればなおさらだ。念ずれば通ずというわけで、ぼくはそれらの問題に答えていった。とにかく、そんなふうにして受験は終わった。

正直なところ、手応《てごた》えはあった。めったにないというか、生まれて初めての経験ではあったけれど、こういうのを手応えと言うのだろうと思った。あとはやることがなかった。十日後に合否の発表がある。祈って待つだけだった。

十五年間生きてきて、あまりいいことをした覚えはないけれど、悪いことをしたこともない。小学校二年生の時、文房具屋で消しゴムを万引きしたことがあったが、思い出すことといえばそれぐらいだ。反省もして、更生《こうせい》もしている。とにかく、そんな大それたことを仕出かしたことはなかった。

神様、とぼくは毎晩手を合わせた。国分学園に入ったら心を入れ替えて学業に励《はげ》みます。シルバーシートに座ったりしません。ゴミが落ちていたら拾ってゴミ箱に捨てます。

親父はサラリーマンで会社に勤めているのでその手伝いはできませんが、いつも感謝の心は忘れません。オフクロは専業主婦ですので、その手伝いはやります。自分の皿は自分で洗います。もし何だったら、親の分までぼくが洗います。部屋も片付けます。何でも言うことは聞きます。ですから、どうか国分に行かせてください。お願いします。

そんなことを十日にわたって続けていたら、高熱が出て寝込んでしまった。国分学園の合格発表を見に行ったのは、結局オフクロだった。

ぼくは自分の部屋のベッドに横になりながら、オフクロからの連絡を待っていた。電話がかかってきたのは、しばらく経ってからのことだった。

「ジュンペー、あんた受かってるよ」

オフクロは開口一番そう言った。マジでか？　本当よ、とオフクロがちょっと涙声になって言葉を続けた。

「何度も確認したの。間違いない。一八五三、受験番号一八五三、あんたの番号があったのよ」

「……マジで？」

「見たのよ」

「……リアルに？」

「あったのよ」

「……ふうん」

それ以外、感想はなかった。コメントを出すには、疲れすぎていた。とにかく、ぼくは国分学園に合格したのだ。奇跡的な出来事だ。

だが嘘《うそ》や冗談ではない。まさかこの局面でオフクロが番号を見間違っていたというようなことはないだろう。ぼくは受かったのだ。

もしもし、という声がした。オフクロだった。

「ジュンペー、あんた聞いてるの？」

「……聞いてる」

いかん、クラクラしてきた。目が回る。気をつけて帰ってください、と妙な敬語でオフクロに伝えてから、ぼくは電話を切った。

とにかく寝よう。今はそれしかない。奇跡というのは案外感動的ではないのだな、とぼくは思っていた。ラッキー、というつぶやきが漏《も》れた。

2

そんなこんなで四月七日火曜日、国分学園高校の入学式があった。

国分には付属の中学がある。高校の入学者はその持ち上がりが三百人ほど、そしてぼくのような高校受験を経て入学する者が百人ほどいる。合計四百人が一年生だ。

ただ、中野にあるのは高校の校舎だけだ。中学校は埼玉県のさいたま市にある。なぜ中学と高校をそんなに離しているのか理由は知らない。さいたま市の方が土地代が安いからだという話を聞いたことがあるが、まあそういうことなのだろう。

男女は半々だ。ぼくは中学の時から共学だったので、別に違和感はない。女子とおつきあいしたことがないのは事実だけれど、それはタイミングの問題で、何となく今まではスルーしていた。高校になったらその辺のことも真面目《まじめ》に考えなければならない、とぼくは思っていた。

入学式は大講堂で行なわれた。集められたのは新入生だ。

国分学園には制服がある。男子は茶のブレザーにグレーのスラックス、紺《こん》のネクタイ。女子も同じ色のブレザーに、グレーのスカート、紺のリボンだ。四百人が集まると、その光景はなかなか迫力があった。

入学式といってもそれほど感動的なことはない。校長先生の話。理事長の話。生活指導の先生からの細かい注意。淡々《たんたん》と式は進んでいき、最後に学年主任の先生が出てきてひと言挨拶《あいさつ》があり、それで終わった。

ぼくたちは無言のまま、大講堂を後にした。それぞれのクラスに戻るように、と数人の先生たちが声をかけていた。

入学式の後にホームルームがあるというのは、前から聞いていたことだったので、ぼくたちは素直にその指示に従った。ぼくのクラスは一年B組だ。一年B組、出席番号十五番。それが斉藤順平、つまりぼくということになる。

クラスに入っていった者から順番に、適当に席に座っていった。出席番号順に座れとかそういう指示があるのかと思っていたけれど、別に何も言われなかった。

ぼくは窓際の空いている席についた。話し声がそこかしこから聞こえた。たぶん付属中学からの持ち上がりの連中だろう。

彼らはそれぞれにお互いのことをよく知っている。国分という学校のやり方にも慣れているだろう。

ハンデだなと思った。まあ仕方がない。そんなことは承知の上で入ったのだ。まあいい。慣れるまでしばらくの辛抱《しんぼう》だ。ぼくは目をつぶって腕を組んだ。

それから十分ほど経った頃だろうか、自然と周囲のざわめきが静かになっていった。別に誰かに何かを言われたわけではない。ただ、何となくみんなが黙った。そういうタイミングのようだった。

ぼくは目を開いた。みんなが座っている。退屈そうだった。

何かするべきなのかもしれないが、何をしていいのかわからない、そんな感じだった。その不自然な沈黙は五分間ほど続いた。そろそろ本格的にぼくたちは待っていることに飽《あ》き始めていた。

そのタイミングを待っていたかのように、教室の扉が開いた。そこに立っていたのは三十代半ばと思われるスーツ姿のやせた男だった。メガネはかけていない。ノーネクタイだ。

不意にその男がにやりと笑った。ぼくたちは何となく顔を下げた。男が教室に入って、後ろ手に扉を閉めた。

「お疲れ」男が言った。「入学式、お疲れだったな」

はあ、とか何とか声がした。また男が笑った。意外と嫌みのない笑《え》みだった。

「僕がこのクラスの担任の中根だ」中根正宗《まさむね》、と男が黒板に大きく書いた。「一年間一緒というわけだ。よろしく」

よろしくお願いします、と口々に言う声がした。どこかおどおどした声だった。

まだみんなも緊張しているのだろう。

　それから中根先生の説明が始まった。先生によると、今週いっぱいは授業がないのだという。その代わり、今後の進路指導について、みっちりとオリエンテーションがあるらしい。何だ、みっちりとオリエンテーションって。

「要するにだな、うちの高校は入ってきた生徒全員が大学進学を希望していると考えている」

　先生が言った。当然のことだろう。国分学園に限らず、今はどんな高校だって大学進学を視野に入れた指導を行なうのが普通だ。

「その前提のもと、進路を四つに分ける」

　国立文系、国立理系、私立文系、私立理系、と中根先生が黒板に大きく書いた。

　ふむ、なるほど。

「明日から三日間、それぞれのコースについて詳しく説明する。自分の意思を来週の月曜までに決めて提出すること」

　ずいぶん乱暴な話だ。大学進学といえば一生の問題だろう。それをたった一週間で決めろというのか。

　でも、とぼくは考えた。それが国分の流儀というものなのだろう。

　どうやら国分学園では、何でもシステマチックに決めるのがそのやり方のようだった。やるべきことを極限までつきつめていって、効率よく運営する。それが国分流らしい。だからこそ、進学実績全国トップクラスの座を守っていられるのだ。ここはそういう学校だった。

「なかには、不安に思う者もいるだろう」先生の話が続いた。「あるいは、まだそんなこと決められないという者もいるかもしれない。だが、いつかは決めなきゃならないことなんだ。避けられないことなんだ。わかるだろう」

「先生」

教室の真ん中辺りに座っていた女の子が手を挙げた。何だ、と中根先生が言った。

「一度決めたコースは変えられないんですか?」

「安心しろ」中根先生がうなずいた。「高二に上がる時、それから高三に上がる時、同じように志望するコースについて検討することができる。例えばだけど、最初は国立文系志望だったけれど、自分の成績や能力からいってそれが難しいと本人、親、教師みんなの意見が一致したら、私立文系コースに変えることもできる。逆もある。やってみたら案外できるんじゃないか、そう思う者がいたら、国立系のコースに変えてもいい。文系を理系に変えるのだってありだ」

なるほど。そういうことか。そこまでガチガチに決められているわけではないらしい。一定の規則を設けつつ、そのルールをうまく運営していこうとする国分学園のやり方は、非常に効率のいいものに思えた。

「授業は選んだコースによって、選択授業となる。そのカリキュラムは学校側が作るから、みんなは何も心配しなくていい」

受けなくていい授業ができるってことですか、と質問の声が飛んだ。そうだ、と中根先生が言った。

「わかりやすい例を挙げるなら、私立文系コースを選んだ者は、理数系の授業は最低限受けるだけでよくなる。その分、語学の授業は増えるがな」

ぼく個人に関していえば、国分は相当システマチックな授業をするらしい、ということは何となく噂《うわさ》で知っていた。授業が選択制になるのも聞いていた。だから、まあそんなもんか、ぐらいの感想しかなかったけれど、まったく知らない者も中にはいるようだった。そして、それは国分の付属中学から来た者ではないということも察しはついた。

「今日は以上だ。何か質問は」

中根先生が教室中を見回した。誰も何も言わなかった。

「それでは順番が後先になったが、出欠を取る」中根先生が出席簿を開いた。「青木誠」

「はい」

一番後ろに座っていた真面目そうな男が手を挙げた。青木は、と中根先生が言った。

「付属からか」

「そうです」

「どうだ、中学と違うか」

「遠くて」

青木が肩をすくめた。どこに住んでるんだ、と中根先生が尋ねた。

「浦和」

ぼそりと青木が答えた。中学は近かったんだな、と中根先生が言うと、歩いて三分という答えが返ってきた。

「中野は遠いっすよ」

「仕方がない。中学で楽したんだ。高校では頑張ってもらわないと」

「はあ」

「部活は何やってたんだ」

「陸上」

「マラソンか」

「短距離」

青木の答えは短かった。明らかに中根先生とのやりとりをうざがっていた。気持ちはわからないでもない。

「部活といえば」中根先生が顔を上げた。「国分学園では、部活は必ずやってもらう。運動系、文化系、どちらでもいいが、とにかく何かクラブに入ってもらうことになっている」

「強制参加？」

すぐ後ろで声がした。そんな言葉は使っていない、と中根先生が首を振った。

「自発的参加をと言っている」

それが強制じゃんよ、とまた声がした。失笑が漏れた。うるさい奴らだな、と中根先生が苦笑した。

「理屈は何でもいい。部活は絶対参加。それが国分の伝統だ」

「なぜなんですか。進学校なのに」

さっき手を挙げた女の子が口を開いた。なかなか積極的な子らしい。

「先生はこの学校に来てから五年だ。だからよくは知らないが、どうも話によると、部活に参加している者の方が進学実績がいいということのようだ」

「どうして？」

「知らん。そこが伝統なんだろう」

最後は無責任なことを中根先生が言って、ちょっと笑った。みんなも何となくわかったようにうなずいた。

「明日、用紙を配る。希望するクラブの名前を書いて一週間後の月曜日に提出だ。わかったな」

はい、と不揃《ふぞろ》いの声がした。それでは先を続ける、と中根先生が出席簿に目を落とした。

「荒井修子《のぶこ》」

「はい」

「お前は付属か？」

「違います」荒井という女の子が髪の毛を掻《か》き上げた。「私立中学です」

「どこの」

「誠泉《せいせん》です。世田谷《せたがや》の」

まだまだ出欠は長くなりそうだった。ぼくは持っていた『月刊バスケット』を机の下で開いた。早く帰りたいっつーの。

3

水、木、金とオリエンテーションが続いた。

要するに、志望コースの選択とその中身についての説明だ。いろいろ面倒くさかったが、ぼくにわかったのは、国分学園という学校は、早い話が大学のような考え方をしているということだった。

語学、音楽、体育は今いるこのクラスの全員が参加するが、その他の授業に関してはまったくクラスに関係なく、ばらけてしまうという。それって大学みたいなものだろう。方針がはっきりしている分、理解すればわかりは早かった。

ぼくの考えは決まっていた。だいたい、この学校に合格したこと自体が奇跡に近いのだ。いや、奇跡そのものと言ってもいい。とにかく偶然ととんでもない運の強さによってぼくはこの学校に入った。

でも、しかしだ。実力があるというわけではない。自分で言うのも何だが、はっきり言ってぼくは学業についてはできない方なのだ。ぼくは国分学園の落ちこぼれになるのだ。先は見えていた。従って、選べと言われてもそんなに幅はなかった。私立文系コースしかない。

そんなことより、とぼくは思った。話は部活だ。クラブだ。ぼくに関していえばバスケットボール部だ。そっちの方が重要だった。

授業では、落ちこぼれてしまうだろう。残念ながら、それは事実だった。だが、クラブは違う。バスケならできる。しかも、けっこういい感じに。

国分のバスケ部は有名だった。全国大会の常連校でもある。バスケ部で活躍できれば、それこそ万が一だけれども、スポーツ推薦《すいせん》で大学へ行ける可能性だってなくはないのだ。

学業については、持っているのかいないのかと問われたら、持っていないと答えざるを得ない。だが運動については別だ。

ぼくは、ぼくのいた中学では間違いなくバスケが一番うまかった。弱小とはいえ、主将を務めたのも嘘ではない。身長だってある。運動神経もいい。ボディバランスもいい方だ。

そして、国分学園に受かったということに象徴されるように、何よりぼくには運があった。この運のよささえキープし続ければ、先々何とかなるのではないか。

「ジュンペーは甘いよ」

ぼくをよく知る中学時代の親友、神崎俊生《かんざきとしお》はよくそう言った。それは一面の事実でもある。確かにぼくは考え方が甘い。神崎はこうも言った。

「ジュンペーはさ、他人に優しく、自分に甘いんだよね」

その通りだ。返す言葉もない。だが言いたいことはある。

今まで、それで何とかなってきたのだ。これからも何とかなると考えてどこが悪い。放っといてくれ、これはぼくの人生なのだから。バスケットボール部。ぼくの唯一の希望はそこにある。

そういうわけで、週明けの月曜日の朝のホームルームで、ぼくは用紙にバスケットボール部と記入して提出した。あとは待つだけだ。

そう思っていたら、放課後、職員室に来るようにと呼び出しがかかった。何だろう。何かしたのだろうか。

周囲の連中に聞いてみたが、別に何かしたとは思えないという答えが返ってきた。実際、そのはずだ。水、木、金とぼくたちはただ黙って学校側の説明を聞いていただけだ。

確かに真面目に聞いていたかと言われれば、真面目じゃなかったかもしれないけど、とにかく一応話は聞いていた。わかったふりをしてうんうんとうなずいていた。落度があったとは思えない。

「何かケアレスミスなんじゃないの？」

そう言う奴もいた。おそらくは、きっとそういうことなのだろう。例えば、用紙に名前を書き忘れたとか。ぼくならやりそうなことだ。

ともあれ、考えていても仕方がない。放課後になり、ぼくは職員室へと向かった。どうも職員室とは相性が悪い。入りにくい場所だ。でもどうしようもない。失礼します、とひと声かけてからぼくは職員室の扉を開いた。

「遅いぞ、ジュンペー」

部屋の中ほどに座っていた中根先生が立ち上がった。何ということか、ぼくはこの数日間で早くもジュンペーとして認知されるに至っていた。どうやらぼくのジュンペー的なキャラクターは、高校入学と共にますます際立《きわだ》ったものになってきたらしい。

「何すか、先生。急に呼び出しなんて」

いいから来い、と中根先生が言った。

「もうみんな来てる。お前が最後だ」

「みんなって何すか? 何の話ですか」

「話すと長い」

とにかく来い、と言われてその後に従った。何だろう、ぼくがどんなヘマをしたというのだろうか。みんなって何だ。他にもいるのか。

職員室の奥に扉があった。中根先生が軽くノックした。どうぞ、という声が聞こえた。入れ、と中根先生が言った。ぼくは扉を開いた。

そこにあったのは応接セットだった。一人掛けのソファが二脚と、二人掛けのソファが一脚。座っていたのは見たことのある人だった。生活指導の田辺《たなべ》先生だ。

そして、その田辺先生を中心に、六人の生徒が立っていた。みんなどこかぼんやりした顔になっていた。

「まあとにかく入れ」

　田辺先生が言った。ぼくは振り向いた。中根先生がうんうんとうなずいている。ぼくは部屋の中に足を踏み入れた。何となく、そこにいた六人の生徒の後ろに並んだ。

「田辺先生……あとはお任せしてもよろしいでしょうか」

　中根先生が言った。田辺先生が苦笑した。よく見ると、実におっかない顔をしている。仕事柄そんな顔になったのか、生まれつきなのかはわからなかった。

「いいですよ。こっちで話します」

　じゃあよろしくお願いします、と言って中根先生が扉を閉めた。後に残ったのは田辺先生とぼくを含めた七人の生徒だった。

「座れと言いたいところだけど、イスが足りない」田辺先生が言った。「とりあえず立ったまま話を聞いてほしい」

　はあ、とぼくらは返事をした。確認だ、と言いながら田辺先生が紙をめくった。

「豊崎建志《とよさきたけし》」

「はい」

　ぼくたちの一番前に立っていた生徒が返事をした。

「森本好児《こうじ》」

「はい」

「鶴田学《まなぶ》」

「はーい」

「坂田隆盛《たかもり》」

「はあ」

「高野俊也《としや》」

「はい」

「大倉末吉《すえきち》」

「はい！」

「そして最後に斉藤ジュンペーと」

「はあ」

ぼくはうなずいた。田辺先生が腕を組んだ。あの、と鶴田と呼ばれていた背の高い男がおそるおそる手を挙げた。

「あの……ぼくら、何かしたんでしょうか」

田辺先生は何も言わなかった。どうしようかな、という目をしている。先生が腕をほどいた。

「お前たちは別に何もしていない。最初にそれだけは言っておこう。別に怒るためにみんなを集めたわけじゃないんだ」

ちょっと安心したような空気が流れた。とりあえずはよかったよかった。だけど、それじゃあ何のために集められたのだろう。

「お前たちは全員一年生だ」田辺先生が言った。「それ以外にもうひとつ共通項がある。何だと思う？」

共通項。いったい何だろう。集められた生徒は全員男子だが、そんなことが関係あるとも思えない。何があるというのだろう。

「わかるか」

わかりません、とぼくたちはそれぞれに首を振った。ノーヒントじゃ答えらんないですよ、先生。

「じゃ、正解を言おう。お前たち全員に共通しているのは、クラブ活動の入部届にバスケットボール部と書いたことだ」

マジでか。そうなのか。ぼくたちはお互いを見渡した。言われてみれば、みんなそこそこ背が高かった。

「書いたな、豊崎」

「……はい。書きました」

「他のみんなもそうだな」

はい、と全員がうなずいた。もちろんぼくもだ。確かに、ぼくはバスケットボール部への入部を希望しますと書いた。何がいけなかったのだろう。もしかして、字が汚かった？

「実は……あんまり話したくないことなんだがな」

田辺先生がまた腕を組んだ。どうやらこの人の癖らしい。

「気になりますね」

高野という生徒が言った。気になる、と全員が首をひねった。

「いい話じゃない。悪い話だ」

「何でもいいすよ」大倉という生徒が高い声で言った。「聞かせてください」

「そうだな。話すことにしよう。実はな、この春休みのことなんだ」

田辺先生が話し出した。春休み、いったい何があったのだろう。

「春休みのある日な、バスケットボール部の二年生、まあ、今では三年になったわけだけど、そいつらが吉祥寺《きちじょうじ》に花見に行ったんだ」

「はあ」

ぼくたちは揃ってうなずいた。先生が話を続けた。

「まあそこまではいい。花見をしたって悪いことは何もなかった。日本人だもんな。花見ぐらいするさ」

「はあ」

「ところがなあ……その後が悪かった。どういう流れでそうなったのかはよくわからんのだが、奴らは近所の居酒屋に入った」

　それはそれは、と鶴田という男がつぶやいた。まあ聞け、と田辺先生が言った。

「奴らが全員揃ってビールを飲んだことはわかっている。それからのことは本人たちも記憶があやふやだ。どうやら、チューハイを何杯か飲んだようだな」

「酒ですか」

　ぼくは訊いた。酒だな、と田辺先生がうなずいた。

「当然のことながら、みんな酔っ払った。吐《は》く者もいれば、倒れる者もいた。困ったことだが、更《さら》にもっと面倒な事態が起きた。隣で飲んでいた大学生にからみ出す連中がいたんだ」

　うへえ、とぼくたちの間からため息が漏れた。田辺先生が肩をすくめた。

「最初は、ひじがぶつかったとかぶつかってないとか、そんなことだった。それがだんだん騒ぎになり、最後は店の中で大乱闘ということになった。こっちはバスケットボール、向こうはアメリカンフットボール部だった。力は向こうの方が強かったが、こっちは怖《こわ》いもの知らずだ。勢いだけで突っ走り、殴《なぐ》り合いになった。もう店はメチャクチャだ。店員が警察を呼び、そしてパトカーがやってきた」

　そりゃ面倒すね、と誰かが言った。面倒だよ、と田辺先生が眉間《みけん》にシワを寄せた。

「警察が入って、とりあえず騒ぎは収まった。大乱闘のわりには、互いにケガ人は出なかった。鼻血を流してた者が数人いたというが、それぐらいのものだ。不幸中の幸いだな。だが、店の備品を壊していたので、事情聴取ということになった。学校に連絡がきたのは、本人たちが高校生であることを認めた時だ。学校と親に警察から連絡がいった。武蔵野《むさしの》警察まで行ったさ。飛んで行った」

「それで、どうなったんすか」

「まあ、話し合いだな。示談《じだん》というとおおげさだが、とにかく傷害については双方たいしたことがないということで、不問になった。大学生たちもうちのバスケ部の連中もそれぞれに謝罪した。警察からも、まあよくあることで、というわけで説教だけで済んだ。残りは店で壊したものの弁償だが、これは双方の親が店に責任をもってすべてを元に戻すと約束したことで話は終わった。だが全部終わったわけじゃない。我々は学校として、彼らに処分を下さねばならなかった」

処分。重い言葉だ。でも仕方がないだろう。高校生が酒を飲み、店で暴れてケンカになった。警察まで出てきたのだ。どげんかせんといかんだろう。

「どうなったんですか」

みんなを代表するような形でぼくは訊いた。田辺先生が一瞬目をつぶった。

「現場にいた全員に一週間の停学処分。同時に、バスケットボール部からの強制退部、連帯責任ということで今後一年間の公式試合出場辞退」

「……そりゃキビシイっすね」

そうかな、と田辺先生が難しい顔で言った。

「何しろ、国分学園始まって以来の不祥事《ふしょうじ》だ。退学処分にするべきだとか、バスケ部は廃部だという声もあった。それに比べれば、ややおとなしめの処分だろう」

「だけど……二年生、当時の一年生は関係なかったんでしょ？」

森本が言った。なかった、と田辺先生がうなずいた。

「だがな、だからといって放っておくわけにはいかなかった。退部処分になった三年生は、春休みの練習の帰りだったんだ。すなわち、バスケットボール部の活動時間内に騒ぎを起こしたことになる。クラブに対しても罰が必要と考えられたんだ」

マジすか、と声が上がった。田辺先生が肩をすくめた。

「顧問《こもん》の先生も替わった。それまでは体育の阿部先生だったが、英語の本仮屋《もとかりや》先生になった」

「英語？　あの女のセンセー？」

本仮屋先生は美人で評判の英語教師だ。一年D組の担任を務めている。学内にファンクラブができているほど、有名な先生だった。だけどバスケとは何の関係もないだろう。

「責任を誰かが取らなければならなかったんだ」田辺先生が苦しそうな表情になった。「やむを得なかった」

「それにしても、一年間の公式試合辞退ってキツイっすね」豊崎が左右を見た。

「練習試合はどうなんですか？」

「禁止だ」

田辺先生の答えは短かった。とにかく、他校とからむことは今後一年間できないということだった。マジかよ、と思ったのはぼくだけではないだろう。

「とにかく、その辺の事情を君たちに伝えておかなければならないだろうというのが先生たちの合意事項だった。何も伝えずに、そういうことになってることを入部してから知るのはフェアではないだろうと考えたのだ」

「……そりゃあ、まあ……」

ぼくたちは何となくそんなふうに答えて、それから口を閉じた。何と言っていいのかわからなかったのだ。田辺先生が小さく空咳《からせき》をした。

4

ぼくたちは職員室を出た。出たところで全員の口から一斉《いっせい》にため息が漏れた。

「どういうことなんだよ」

豊崎が言った。どうもこうも、と森本が口を開いた。

「説明された通りのことなんだろう」

「ひでえ三年だな」

誰からともなく、そんなつぶやきが漏れた。まったくだ、とぼくも思った。

「停学とか退部とかはいいよ。自分の問題だからな。自分で責任を取るのは当然だろう。だけど、一年間の対外試合禁止って」

鶴田が肩をすくめた。アホクサ、と坂田が吐き捨てた。

「つまりは、新人戦も出れないってことだろ」

高野が言った。そういうことだな、と大倉がうなずいた。

「どうするよ。そんなクラブ入って、意味あんのか」

豊崎が声を荒らげた。どうなんだろう、意味はあるのだろうか。

ぼくはバスケットボールというスポーツが好きだ。見ていても楽しいし、プレイするのはもっと好きだ。だけど、それは試合に勝つという目標があるからこそ苦しい練習もできるわけで、目標がないままにそれができるかと言われたら、ちょっとギモンだった。

「わかんないね。確かに、意味あんのかな」

森本が首をひねった。ひでえ話だな、と鶴田がつぶやいた。アホクサ、と坂田が同じ言葉を繰り返した。

「しっかし厳しい処分だよなあ。一年間って」

高野が腕を組んだ。そういう学校なんだよ、とぼくは言った。

「だからここは名門校なんだ」

「名門であるからこそ、厳しいところは非常に厳しくなるってことか」

「いや、むしろ軽いぐらいなんじゃないの？　高校生が居酒屋でケンカだぜ？　しかも警察まで出てきちゃったんだから、こりゃハンパないって。即退学でもおかしくないっての」

豊崎が言った。かもしれない。フツーの都立高だったら、それぐらいのことがあってもおかしくなかった。

「それで、バスケ部は即おとりつぶしか？」

「廃部だよ。それこそ責任問題だ」

「まあそんなことはいいよ」高野が肩を落とした。「それより、おれたちがこの先どうしたらいいかってことだ」

「バスケ部に入るわけにはいかないのかな」

ぼくは思っていたことをそのまま口にした。ぼくとしてはバスケ部に入りたかった。何のために奇跡を起こして国分学園に入ったのかという話だ。バスケ部に入らなければ何も始まらない。

「先生はさ、あんまりオススメしないって口ぶりだったぜ」

森本が眉《まゆ》をひそめた。確かに、そんなニュアンスだった。問題のあるクラブに入部することは止《や》めた方がいい。そう言いたげだった。

「今はどうなってるんだろう」

「三年生がいないんだろ？　新二年生が練習とかしてるんじゃないのかな」

豊崎がみんなの顔を見た。おそらくはそうなのだろう。

だけど、二年生もかわいそうだ。今後一年間の公式戦出場辞退ということになれば、二年生は大事な大会には何をしても出られないということだ。果たしてそんな状況で練習を続けているのだろうか。ぼくにはギモンだった。

「今、何時だ？」

高野が顔を上げた。三時半、とぼくは答えた。

「とりあえず体育館行ってみっか」

「何のために？」

「練習してるんなら、それを見にだよ」

「してるかな」

「そんなことはここでいくら話してもわからん」森本が話に割り込んできた。「そうだろ。だいたい、おれたちはバスケ部の練習日だって知らないんだ」

「毎日なんじゃねえの」

「だから、それもわからないだろうって。確かめてみなけりゃ、これ以上話してたって時間の無駄さ。いいじゃん、どうせヒマなんだからさ、体育館行ってみたって」

森本が早口で言った。まあ、おっしゃる通りだ。どうせヒマなのは確かな話だし。体育館に行っても損はない。

「じゃあ、行ってみますか」

豊崎が唇《くちびる》を曲げた。そうしますか、と全員の意見が一致した。

とりあえず行ってみよう。様子を見てみよう。考えるのはそれからでいい。結論を先延ばしにするのはぼくらの世代に共通するところだった。

「体育館ってどっちだった」

「外だよ、外」

「こっからどうやって行くんだ？」

「方向オンチかよ」

わいわい騒ぎながらも、とりあえずぼくたちは歩き出した。高校に入っていきなりこんな目にあうなんて、いったい何が悪かったのだろうと思いながら。

バスケットボール部入部……あれ？

1

とにかく体育館に行ってみることにした。

体育館は図書館の隣にあった。バカみたいにでかい。国分儲《こくぶもう》かってるな、と誰かがつぶやいた。まあ、そういうことなのだろう。

「東京ドームぐらい大きいんじゃないの、これ」

体育館の中へ通じるドアを開きながら、豊崎《とよさき》が言った。もちろんそんなに広いわけはないのだけれど、感覚としてはそれに近いものがあった。

中にはいくつかの区切りがあって、バレーボール部、バドミントン部、体操部などが練習をしていた。みんな、それなりの広さを取っているのだけれど、まだ十分に余裕はあった。何を考えて設計したのだろう。

「バスケ、やってないね」

森本が首を振った。その通りだった。バスケットボールをしている者はいない。ゴールはあるのだけれど、誰も練習している者はいなかった。

「だけど、二年生がいるはずだよな」

鶴田が辺りをぐるりと見回した。

「サボりか？」

高野が言った。そやな、と坂田がうなずいた。サボりっていうかさ、とぼくは口を開いた。

「やる気なくなっちゃってんじゃないの？　一年間対外試合禁止なんつったらさ、そりゃやる気もなくなるだろうが」

「そんなの困るよ」鶴田がまばたきをした。「まずいって、絶対」

「言ってることはわかるけど、でも現実を直視しないと」

まずいよ、と鶴田が繰り返した。確かにまずい。ちょっと訊《き》いてみようぜ、と大倉が言った。

「訊くって誰にだよ」

「その辺で練習してる人にさ」

なるほど。そういうわけで、ぼくたちはしばらく待つことにした。

ほどなく、バレーボール部の部員がコートの外に出た。代わりに今まで休んでいた連中がコートの中に入った。訊いてみるにはいいタイミングだと思った。

みんなもそう思ったのだろう。ぼくたちは何となく歩き始めた。さて、どの人に訊いてみよう。

「豊崎、行けよ」

森本が言った。得意じゃないんだ、と豊崎が答えた。そりゃこんなの得意な奴なんていないだろう。そう思っていたら、みんなの視線がぼくに集まってきた。何で？　何でオレ？　オレなの、マジで？

「ジュンペーはそういうの得意そうだもんな」

大倉がぼくの肩に手を置いた。早くもぼくはジュンペーとして認識されているようだった。

「オレかよ。マジで？」

ぼくは訊いた。全員が軽く頭を下げた。どうやらぼくが動くしかなさそうだった。何でぼくはジュンペーなのだろう。でも仕方ない。これも役割なのだ。

「あのー……すいません」

ぼくは汗びっしょりのまま床にべったりと座っていた背の高い人に声をかけた。

その人がゆっくりぼくの方を見た。

「すいません、一年の斉藤といいます」

「あ、そう」男の人が言った。「一年ね」

「はい、そうです。あの、ちょっとだけいいですか」

「いいよ。別に。オレは二年の山本だ」

山本先輩が自分の名を言った。ありがたいことだ。

「ちょっとお尋ねしたいんですけど……バスケット部はどうなってるんですか？」

「ああ、バスケ部ね。三年生が酒飲んでケンカしたんだって？」

質問を質問で切り返された。どうやら三年生の件は知れ渡っているようだった。

「はあ、そうらしいです」

「バカだねえ……何をしてるんだろう」

山本先輩が言った。ちょっと面白がっている様子だった。

「それでですね、バスケ部は練習をしたりしてるのかなって思いまして」

「バスケ部、希望してるんだ」

「はあ……まあ、そうです」

「止《や》めた方がいいんじゃないの。対外試合も禁止だって聞いたぜ」

「らしいっすね」余計なお世話だ。「あの、今バスケ部はどうなってるんでしょうか」

「聞いた話だとさ、二年生だけになっちまったらしい」

「はい」

「新学期になってから、放課後練習してるの見たことないな」

「そうなんですか」

「あ、でも昼休みには来てるか。何かシュート練習とかしてたな」

そんなに詳しく見てたわけじゃないからわからないけどさ、と山本先輩が笑った。歯が真っ白だった。

「昼休みに練習してる？」

「そうだと思うよ」

「何で放課後はやらないんですかね」

「さあね。やる気ないいんじゃないの？」

そんなことを言われても困る。ぼくだって知りたいのだ。

「斉藤くんだっけ。君、けっこう身長あるね」

「はあ。百七十九センチです」

「イチナナキューか。いいじゃん。いい体格してるじゃないの。バレーやんなよ、バレー」

「はあ？」

どっからそういう話になるんだ。

「バスケ部はさ、もう無理だと思うよ。少なくとも一年ぐらいはね。だけどさ、バスケットとバレーだったら、そんなに違和感ないだろう」

どうも山本先輩はぼくをバレー部に勧誘してるようだった。そんな話はしてないっつーの。

「いや、でもぼく、やったことないですから」

「簡単だよ。オレだって入るまでは未経験者だったんだぜ」

「そうなんすか」

「背が高くて、ジャンプ力があれば誰でもできるさ。そっちの六人もバスケ部に入りたいわけ?」

ぼくは豊崎たちの方を見た。

「まあ、そういうことです」

「いいじゃん、みんな身長あって」

「そりゃバスケ部志望ですから」

「悪いことは言わないよ。もうバスケ部に未来はない。少なくとも今のままじゃね。ダマされたと思ってバレー部入ってみなよ」

「はあ……」

「ほら、見てみろよ。もう一年生が入ってるんだ」山本先輩がコートを指した。

「うちのクラブはね、一年生は見学だとかボール磨きだとか、そんな封建主義的なことは言わない。最初っから練習に参加させる。野球部みたいに坊主《ぼうず》にしてこいとかそんなことも言わない。開かれたクラブなんだ」

「はあ……」

「いいよ、バレー部。どうする、キャプテンに話してみるか？」

山本先輩は悪い人ではないのだろうが、勝手に話をどんどん進めていくタイプのようだった。親切心で言ってくれてるのはよくわかるが、今のぼくたちには届かない言葉だった。

「あの……考えてみます」

ぼくはうなずいた。事を荒立てないのがジュンペー流だ。

「そうそう、考えてみてよ」

山本先輩が手を振った。ぼくは頭をひとつ下げてみんなのところに戻った。

2

翌日の昼、ぼくたちは午前の授業が終わると学食で待ち合わせをして集まった。さっさと昼食を済ませて、そのまま体育館に向かった。

「どうなんだろう」大倉が歩きながら言った。「バスケ部、練習してんのかな」

「昨日のバレー部の先輩の話では、昼休みはやってるらしい」

ぼくは答えた。他に情報はない。行ってみるしかないのだ。

ぼくたちは早足になっていた。誰も何も言わない。どうなっているのだろう。不安ばかりが心をよぎった。

体育館まではすぐだった。ドアを開けるぞ、とぼくは言った。開けてくれ、と高野がつぶやいた。ぼくはドアを開けた。

懐かしい音がした。ボールをコートに弾《はず》ませるバスンバスンという音。それが聞こえてくるだけでも、バスケ部が練習してるのがわかった。

「やってるな」

鶴田が言った。全員がうなずいた。ぼくたちはコートの方へと近づいた。数えてみるとちょうど十人だった。十人が五対五に分かれて、練習試合をやっている。

着ているのは揃《そろ》いのTシャツだった。下は白のショートパンツ。当たり前のことだけど、みんなバスケットシューズを履《は》いていた。

「うまいな」

大倉が小さな声で言った。確かにその通りだった。パスが速い。それが第一印象だった。

「足も速いぞ」鶴田がうなずいた。「よく走ってる」

それもまた事実だった。十人ともよく走ってる。ルーズボールを追いかけていくそのスピードはハンパじゃなかった。さすがは名門国分学園のバスケットボール部だけのことはある。

「どういう分け方をしてるんだ？」

森本が誰にともなく訊いた。ビブスだよ、と豊崎が答えた。

「ビブスをつけているのがレギュラー、つけていないのが控え。そういうことなんだろう」

どうやらそのようだった。今のところビブスをつけているチームの方が優勢にゲームを進めているように見えた。ボールを持っている時間が長い。

だがビブスをつけていないチームの方も頑張っていた。なかなかシュートは打たせない。見応《みごた》えのあるいいゲームだった。昼休みの練習試合とは思えない密度の濃い戦いだった。

「あの人がキャプテンかな」

鶴田がコートの中でもひときわ背の高い男を指さした。やたらと大きな声を出している。ビブスに4と大きく貼られていた。名前もデザインされている。ＯＮＯ。小野というのだろうか。

「四番だからな。たぶんキャプテンなんだろう」

高野が言った。四番はキャプテンの印だ。

「どうする」

「どうするったって……」ぼくはつぶやいた。「ここで話しかけられるような展開じゃないだろう」

今、バスケ部は試合形式で練習をしている。それなりに真剣に見えた。邪魔をするわけにはいかないように思えた。

「終わるまで見てるか」

また高野が口を開いた。そうしよう、とぼくは答えた。昼休みが終わるまでまだ三十分ほどある。その間に休みを入れるようなら、近づいていって話しかけてもいい。どちらにしたって、いずれ終わりは来るのだ。

というわけで、ぼくたちは見学することにした。ビブスをつけていないチームは、Tシャツに思い切り大きく10と乱暴に書かれた選手がチームの中心のようだった。

ボールをキープしている状態が一番長いのも十番の選手だ。パス回しも十番が中心だった。そんなに背は高くない。ぼくより少し低いかもしれない。だけど、チームを引っ張っているのは明らかにその人だった。

逆に、ビブスをつけているチームの方は、四番の選手がすべての中心だった。指示を出している声が大きい。うるさいと言ってもいいぐらいだ。チームをよくまとめている。さすが四番だと思った。

ぼくたちはそれからしばらく試合を眺めていた。十番に対しては四番がマークしているようだった。

ビブスをつけていないチームは十番にボールが回ってくる割合が高い。それに対してディフェンスに回っている四番の運動量が多くなるのは当然だった。全員、汗だくだった。

大声が飛び交う。ボールがパスされる。ドリブル。戻ってまたパス。前に出る。ディフェンスが固まる。パス。十番。四番が守っている。ドリブル。四番が手を出す。

十番が左手を前にやりながら、ドリブルを続けている。どこかスキはないか。狙っている。思わずぼくは両手を握りしめていた。

十番が二歩前進した。四番がそれに合わせて下がる。すると、いきなり体を回転させた十番が、マークを外した六番にボールをパスした。

「うめえ！」

高野が叫んでから口を両手で塞《ふさ》いだ。大声出すなよ、お前はよ。

六番がボールを受け取った。ノーマークだ。十番が何か怒鳴《どな》った。そのまま六番がジャンプシュートを放った。ボールがきれいな放物線を描いて、リングに吸い込まれた。見事なコンビネーションだった。

「うまいなあ」

森本が軽く手を叩《たた》いた。確かにうまい。あそこからパスするのは、よほど周りが見えていなければできないことだ。十番の選手は司令塔的存在なのだろうと思った。

ボールがビブスをつけているチームの方に回った。オーソドックスなやり方だけど、そのままゆっくりと前に移動していく。

パス。コートのセンターラインを越えた。

見合っている。ビブスなしのチームは守備も固いようだった。

何もできないまま、パスが繰り返された。いきなり四番が走り出した。十番がその後を追う。

パスをしていたビブスのチームが、ちょっと強引に鋭いパスを四番に送った。速い。取れるか。四番が長い腕を伸ばしてボールを受け取った。ドリブル。叫んでいる。

構えが低い。相当練習しているのだろう。十番が両手でそれを押さえようとしている。ドリブルをしていた四番が体の圧力で前に出た。十番があお向けに倒れた。

オフェンスファールか？

　だが笛は鳴らなかった。まあそれも当然な話で、コートに出ているのは十人の選手だけだ。審判はいない。どうやら反則は自己判断のようだった。

　四番が前に出た。慌《あわ》てたようにビブスをつけていない選手がカバーに入ろうとしたが、間に合わなかった。長身の四番がジャンプする。そのままリングに置くようにしてシュートした。

「よーし！」

　四番の選手が手を叩いた。チームメイトたちに対して、下がるように指示を出している。

「やるね」

　豊崎がつぶやいた。体格を生かしたうまい攻めだった。プッシングじゃないのかとか細かいツッコミを入れる余地はあったけど、でも審判がいてもあれを反則と見るかどうかは微妙なところだろう。強引なプレイだが、ああいうことはよくある。

「四番の奴はすごいな」

　森本が言った。その通りだった。それからもぼくたちはゲームを見続けた。いい試合だった。

　十分か、もしかしたら十五分ぐらい経ったところで、四番の選手が首から下げていたホイッスルを鳴らした。その場に全員がへたり込む。座るな、と四番の選手が怒鳴った。

「終了」

四番の選手が号令した。何か言いながら、残りの九人がコートの外に出た。タオルで汗を拭《ふ》いている。疲れたのだろう。誰もが無言のまま、ポカリスエットのペットボトルを口に当てた。

「ジュンペー」

高野がぼくのひじに触れた。

「何だよ」

「今、チャンスじゃねえのか？」

「チャンス？」

「話しかけるチャンスってことだよ」

そういうことか。それはいいけど、またぼくか？　ぼくの役割ってそんなことだけなのか？

「行くしかないだろうが」

大倉が言った。だから、何でぼくなんだよ。

「ジュンペーしかいないんだよ」

豊崎が微笑《ほほえ》んだ。笑ったぐらいでごまかされるかっつーの。

でも、どうやらみんなの気持ちはひとつだった。みんなが半笑いでぼくの方を見ている。ぼくも笑ってみたけど、それは力のない微笑だった。苦笑というべきなのかもしれない。

「しょうがない」

ぼくは自分自身に言い聞かせるようにつぶやいた。しょうがない、とみんなが繰り返した。

「人にはそれぞれ役割ってものがあるんだよ」

鶴田がぼくの肩を叩いた。わかりましたよ。ぼくが行けばいいんだろ。もうどうしようもない。ぼくは休んでいるバスケ部員たちのもとへ近づいていった。

3

「……あの」

ちょっとすいません、とぼくは四番の選手に向かって声をかけた。何、とも言わず視線だけをこっちに向けている。ものすごく背が高い。威圧感はハンパなかった。顔は岩を削って作ったようだった。

「……あの……」

「聞こえてるよ」

短く四番が答えた。やっぱビビる。ぼくは空咳《からせき》をした。

「あのですね、新入生の斉藤といいます」

「サイトー？」

「はい」

「あ、そう。で？」

「あの……キャプテンですよね」

「キャプテンの小野だけど」

小野さんが言った。

「ここにいる七人は、みんな一年生なんです」

ぼくは後ろを指さした。ふうん、と小野さんがうなずいた。

「で？」

「それでですね、あの……」

「さっさと用件を言えよ」

小野さんはちっとも笑ってなかった。少しぐらい笑ったって損はないだろうに。

仕方がないので代わりにぼくが微笑んだ。

「早い話、七人はバスケットボール部への入部を希望してるんです」

「ふうん」

「学校にも届けを出しました」

「あ、そう」

「見たよ」小野さんの隣にいた十番の選手がいきなり割り込んできた。「本仮屋《もとかりや》が見せに来ただろ。小野、覚えてないのか」

「そうだったっけ」

「そうだよ」

十番がうなずいた。髪の毛を少し明るい茶色に染めている。小野さんと比べるとふた回りぐらい小柄に見えた。

「まあ、どうでもいいや」小野さんが足を投げ出した。「オレら、一年生とかいらないから」

「はあ？」

一年生とかいらない？　どういう意味だろう。

「三年生のことは知ってるのか」

「はい。田辺《たなべ》先生に聞きました」

「まったくよ、迷惑な先輩だよ」

気持ちはよくわかる。確かに迷惑この上ない存在だっただろう。

「ホント、参るよな」

十番の選手が言った。やめとけ、神田《かんだ》、と小野さんが言った。十番の選手は神田という名前らしい。

「聞いての通り、オレたちは一年間対外試合禁止だ」

「知ってます」

「どうしたらいいと思う？」

「……さあ」

「いきなり呼びつけられてよ、三年生は全員退部だからって言われて、おまけに一年間対外試合は禁止だって言われて、公式戦への参加はできないときた。どうすりゃいいんだ、オレたち」

小野さんがポカリスエットをひと口飲んだ。わかんないっすとぼくは首を振った。

「わかんねえよな。オレたちだってわからない。いきなりすべてがダメだって言われたら、どうしたらいいかわかんねえよ」

「しかもよ、オレらの責任じゃないんだぜ」神田さんが唇《くちびる》を尖《とが》らせた。「全部三年がやったことだ。酒飲んだのもケンカしたのも、警察ざたになったことも、何もかも三年がやったことだ。オレらには関係ない」

「だけど、処分は下された。オレたちはもう試合に出られない」

「……はい」

愚痴《ぐち》を聞かされるのはいつものことだ。慣れている。ぼくはうなずきながら、とにかくすべてを彼らが吐《は》き出すのを待つことにした。

「何を目標にしたらいいと思う？」

小野さんが言った。わかんないっす、とぼくはこれ以上ないタイミングで肩をすくめた。後ろに従っていた六人の一年生が同じように首をひねった。

「わかんねえよな。オレたちにもわからん。だけどバスケットボール部は続いている。顧問《こもん》の先生も替えられた。ルールも知らない女の先生がいきなりやってきて、今日からわたしが顧問になりましたとか言う。そんなの知らねえって。いったいどうなってるんだよ！」

小野さんが怒鳴った。怖《こわ》い怖い。百九十はある長身だ。なぜかわからないけど、すいませんとぼくは頭を下げていた。何でこんなところで謝らなくちゃいけないのか、自分でもまったく不明だった。

「まあいいさ」小野さんが座った。「どうでもいい」

「そういうこと」神田さんが言った。「どうでもいいよな」

「……どうでもいいって、どういう意味ですか」

おそるおそるぼくは訊いた。バスケのことだよ、と小野さんが言った。

「必死こいてやってもしょうがねえ。対外試合は練習試合でもダメだと言われてる。だったらもうどうしようもねえだろ。身内でやっていくしかないんだよ」

「しかも何の目標もなしにな」神田さんが唇を歪《ゆが》めた。「どんなにむなしいことか、誰にもわかりゃしねえよ」

「……はい」

「そういうわけでな、一年生はいらないんだ」

待ってくれ待ってくれ。どこからそういう話になるんだ。

目標がないのはわかった。モチベーションが下がっていることもわかった。だけど、入部したいという一年生をいらないというのはちょっと違わないか。

「どうしてですか」

ぼくは挙手して質問をした。小野さんも神田さんも笑ってくれなかった。

「オレらがどうしてこんなことになったのか、わかってるか」神田さんが言った。

「全部三年生のせいだ。オレらは何も悪くない」

「はい」

「だけど現実はこうだ。三年生の責任をオレらが取っている形になってる。わかるか」

「わかります」

「もうな、オレたちは誰の責任も取りたくないんだよ」小野さんが手を振った。「三年だろうが一年だろうが、誰かの責任をかぶるのはもう嫌なんだ」

「……だけど」

「だけども何もない」小野さんがぼくたちをにらみつけた。「オレたちは、オレたち二年生は、オレたちだけでやっていく。オレたちが何か問題を起こしたら、その責任はオレたちが取る。そういうことだ」

「ぼくたち、何にもしないっすよ。ただバスケがやりたいだけなんです」

ぼくは背後のみんなを見た。そうです、と全員がうなずいた。

「信じらんねえ」神田さんが苦《にが》い表情を浮かべた。「オレら二年生はそれぞれに信頼感がある。お互いを信用している。一年間ずっと一緒にやってきた。お互いのこともよくわかっている。でもな、じゃあ一年生はどうなのよって話だ。早い話、オレはお前らのことを知らない。名前だって知らねえよ」

「ぼくは斉藤です」

「そうだったな。でも残りの六人について言えば、ホントに何も知らない。何もだ。バスケやりたいっていきなり言われたって、信じられるものじゃないのはわかるだろ」

ちょっと待ってくださいよ、とぼくは言った。

「そんなこと言ってたらキリがないじゃないですか」

「でもそういうことなんだよ。いいか、同じクラブで一年上の先輩たちと一緒にやってきた。別に仲がいいわけじゃないけど、まあまあ気心は知れてると思っていた。それがいきなりこうだぞ。裏切られたって思っても仕方ねえだろうが」

「ぼくらは裏切りません。何も問題を起こしたりはしません」

「どうだかな」神田さんが低い声で言った。「どうだろうな」

「どうって言われても困りますけど、迷惑をかけるようなことは絶対にしません」

「絶対？　何で言い切れる？」

「それは……」

「世の中な、絶対なんてないんだよ」

何だかものすごい哲学的な話になってきた。だけど、と言いかけたぼくを小野さんが手で抑《おさ》えた。

「斉藤っつったな。お前、酒飲んだことあるか？」

「ないですよ」

「ビールとかもか？」

「いや、そりゃあ……ちょっとぐらいは」

「煙草《たばこ》吸ったことあるか？」

「ありません」

「好奇心で試してみたいと思ったことは？」

「……そりゃあ……なくもないすけど」

「そういうことなんだよ」小野さんが手をはたいた。「人間だからな。間違いはある。やっちゃいけないとわかっていても、ついついやっちまうことはある。オレはそれが悪いって言ってるんじゃない。酒を飲むのも煙草を吸うのも自己責任だ。やりたいようにすればいい。だけどな、それがもし問題になったらという話をしてる」

「お酒も飲まないし、煙草も吸いません」

なあ、そうだろ、とぼくは後ろを見た。全員が力強くうなずいた。ダメだ、と小野さんと神田さんが同時に首を振った。

「そんなの、口でだったら何とでも言える。信じらんねえ」

「誓います。ゼッタイそんなことはしません」

「じゃあ女の子は？　お前ら彼女いるのか」

ぼくたちは互いを見つめた。豊崎と鶴田がそっと手を挙げた。

「デートとかしたりするんだろ」

「いや、そんな……そりゃしますけど」

豊崎が言った。鶴田がうなずいた。

「それだって問題になるかもしれない。不純異性交遊ってやつだ。国分はわりとその辺はフリーな学校だけれど、勧めているわけじゃない」

まあ、そりゃそうだろう。男女交際を奨励《しょうれい》してる学校なんて聞いたことがない。

「な、わかっただろ。国分学園のモットーは自由だと聞いているが、常識の範囲内でのことだろう。お前ら一年が何か問題を起こしたらどうなるか。もうオレたちは前科者だ。次はバスケ部自体がつぶされるかもしれない。それを考えたら、よくわかんない一年生なんて入部させられねえよ」

「そりゃ考えすぎじゃないすか。ぼくら、そんなに悪いことをするように見えます？」

「三年生だって、酒飲んで暴れるようには見えなかった」

小野さんが言った。そうかもしれない。だけど。

「とにかく、そういうことなんだ」小野さんが静かに首を振った。「オレたちはお前らのことを知らない。信用してくれって言われても無理だ。オレたちはオレたちだけでバスケをやる。入部はお断りだ」

「待ってください」

「だいたい、よく考えてみろよ。自分たちのことをさ。お前ら、お互いのことをどれだけ知ってるんだ？　外から来た奴もいるんだろう。どれだけ信頼できる？」

　ぼくは黙り込んだ。そんなこと言われたら黙るしかないじゃないの。

「小野」神田さんが言った。「午後の授業が始まる」

「そうだな」

　それを合図にしたかのように、座っていた二年生が立ち上がった。タオルを片手にぞろぞろと歩き出す。待ってください、とぼくは叫んだ。

「話を聞いてください」

「時間がないんだよ。お前らだって授業あるだろうが」

「そりゃありますけど、授業どころの話じゃないんです」

「タイムアップ」小野さんが手でバツ印を作った。「時間切れ」

「待ってください！」

「終わり終わり」

　そして二年生十人が体育館を出ていった。ぼくたちは唖然《あぜん》としてその後ろ姿を見送った。

「どうするジュンペー」

　高野が言った。どうもこうもない、とぼくは口を開いた。

「認めてもらうまで粘《ねば》るしかないよ」

「だけどあんなんじゃ……」

「諦《あきら》めたら終わりだ」

とにかく、教室に戻ろう、とぼくは言った。午後の授業が待っている。それだけは確かだった。ぼくたちは走り出した。

4

午後の最初の授業は英語だった。英語の担当は本仮屋センセーだ。

本仮屋センセーはまだ若い。たぶん二十三、四だと思う。そしてとてもきれいだ。別にぼくには年上趣味はないのだけれど、センセーとだったら何かあってもいい。正直、ストライクゾーンだ。

センセーは帰国子女だという。だからなのか、英語の発音が素晴らしくうまかった。声もいい。いつまでも聴いていたくなる。ハッキリ言ってその辺の女子なんか目じゃない。

あんなセンセーが家庭教師だったら、ぼくはもうちょっと真面目《まじめ》に勉強をするようになるだろう。担任だったらなあ。いやしかし、そんなことを言っている場合ではない。授業が終わり、センセーが教室を出ていった。ぼくはセンセーを追いかけた。

「本仮屋センセー」

「何？」

センセーが振り向いた。センセーは白いカットソーを着ていた。振り向くと、何だかよくわからないけどいい香りがした。

「斉藤です」

「はいはい。斉藤クンね」

センセーが微笑んだ。周りを明るくするような笑顔だった。

「センセー、バスケ部の顧問なんですよね」

「ああ……そうね」

センセーの声がちょっと低くなった。あんまり触れてほしくない話題のようだった。でもぼくは質問を続けた。

「いつからなんですか？」

「この四月からよ」

「バスケ部の……二年生と話しました？」

「……少しね」

「誰と？」

「キャプテンの小野クンと」

「どんな話を?」

「わたしが新しくバスケ部の顧問になったって伝えたわ」

「他には?」

「ううん、それだけ。どうしたの?」

実は、とぼくは話し出した。バスケ部に入部届を出したこと。そして今日の昼休み、バスケ部の練習を見に行ったこと。そして入部を断られたことなどだ。まあ、とセンセーが暗い顔になった。

「そうなの?」

「そうなんです。一年生はいらないって。自分たちだけでやっていくって」

センセーがうなずいた。どうしたらいいんでしょう、とぼくは尋ねた。

「斉藤クンは、バスケ部の三年生の起こした事件については聞いているの?」

「はい。田辺先生に聞きました」

「うちの学校、厳しいところは厳しいから」センセーが言った。「まあ、確かにちょっとやらかしちゃった感はあるけど」

「はあ。まあ、警察まで出てきちゃったんなら、処分は当然のことだと思います」

「そうね……小野クンとは話した?」

「話しました。メチャメチャですね、あの人たち」

「混乱してるんだと思うな」

「そうすかね」

「ちゃんと話せばわかってくれると思うわ」

はあ、とぼくはあいまいに返事をした。昼、ぼくたちは二年生と話をした。別に特別なことを申し込んだわけじゃない。バスケ部に入部させてくれるように言っただけだ。ぼくにも経験はあるけど、やっぱり後輩が必要になることはある。代々受け継いでいく伝統というものはあるのだ。

だけど、二年生はそれを拒否した。自分たちのことしか信用できない。一年生が入ってくるのは迷惑だということだった。

ぼくたちはそれに対して言うべきことは言ったと思う。ちゃんと話したつもりだ。だけど無駄だった。話せばわかると本仮屋センセーは言うのだけれど、本当にそうだろうか。

「今は時間がないから」センセーが腕の時計をちらっと見た。「放課後話しましょう。授業が終わったら職員室に来てちょうだい。小野クンも呼んでおくから。そこでゆっくり話しましょう」

「はあ、わかりました」

「他の入部希望者と連絡は取れる?」

「はい」

ぼくたちは今日の昼、ご飯を食べながらメールアドレスを交換していた。一斉《いっせい》送信は簡単だ。

「じゃあ、みんなも放課後職員室に来るように伝えておいて。みんなで話しましょう」

「わかりました」

「次の授業は何?」

「えっと、ぼくは公民です」

「そう。頑張ってね」

センセーがぼくの肩を二度叩いた。うわお。触れちゃった。じゃ、後でね、とセンセーが立ち去っていった。ぼくは慌てて席に戻り、豊崎とか他のみんなに放課後職員室に集合せよというメールを作って送った。

すぐにみんなから返信があった。OKという返事だった。みんなにとってもバスケ部入部の件はマストな問題だったから、それは当然だろう。

六時限目、ぼくは公民の授業を受けていたのだけれど、もちろん気持ちはそこになかった。考えていたのはバスケ部のことだけだ。

本仮屋センセーは小野さんも呼ぶと言っていた。来てくれるのだろうか。話し合いに応じてくれるのだろうか。入部を認めてくれるのだろうか。

そんなことを考えていたら、時間が経つのはすぐだった。チャイムが鳴り、授業が終わった。ぼくはカバンを持って教室から飛び出した。

何度行っても職員室は苦手だ。でもどうしようもない。ぼくは扉を開けてセンセーの姿を探した。こっちよ、とセンセーが一番はしっこの席で手を上げた。ぼくは近づいていった。

「早いわね」

「そりゃもう」ぼくはうなずいた。「何より重大なことですから」

「他のみんなは？　連絡取れた？」

センセーが微笑んだ。はい、とぼくは答えた。

「すぐ来ると思います。小野さんは？」

「うまくつかまったわ。立ち話だったけど、とにかく放課後ここへ来るように伝えたから、待っていれば来ると思う」

職員室の扉が開く音がして、ぼくは振り向いた。森本と鶴田が立っていた。

「こっちだ」

ぼくは手を上げた。ちょっとおそるおそるといった様子で、二人が近づいてきた。センセーの顔を見たら、ほっとしたような表情になった。

「豊崎とかは？」

「来るはずだよ」

そんなことを話してたら、噂《うわさ》をすれば何とやらですぐ豊崎が入ってきた。ちょっと遅れて坂田も高野も大倉も来た。

「あとは小野クン待ちね」

センセーが言った。ぼくたちは口々に今日あったことをセンセーに話した。センセーは余計なことは言わずに、黙ってぼくたちの話に耳を傾けていた。できた人だ。

それから二十分ほど待っただろうか。ぼくたちも話の種が尽きて黙っていたら、職員室の扉がゆっくりと開いた。そこに立っていたのは小野さんだった。

「ああ、小野クン」センセーが立ち上がった。「こっちよ」

失礼します、と言って小野さんがこっちに来た。ブレザーを着ている。ネクタイはしていなかった。ぼくたちは揃って何となく頭を下げた。

「ゴメンね、突然呼び出したりして」

「いえ」

小野さんが首を振った。話があるのよ、とセンセーが言った。

「何ですか」

「事情はだいたい聞いたわ。あなたたちの気持ちもわかるつもり。だけど、それとこれは別だわ。バスケ部への入部を許可してあげて」

小野さんが頭を掻《か》いた。ちょっと伸びている髪の毛が揺れた。

「先生、その辺のことはオレたちに任せてくんないすか」

「……どういう意味？」

「……無関係な人に余計なこと言われたくないんす」

「無関係？　わたしのこと？」

センセーの表情が暗くなった。小野さんは何も言わなかった。ただ立っているだけだ。でも、とにかくでかいから、その存在感はすごかった。

センセーは百六十ないだろう。しかも座っている。小野さんと比べて、その姿はあまりに小さかった。

「小野クン、気持ちはわかるけど、この子たちがやりたいって言ってるのよ。それをダメだって言う権利は二年生にはないわ」

「……そうかもしれないすけど、とにかく余計な口出しは止めてください」

「小野クン」

「……先生には関係ないでしょ」

「あるわよ。わたしはバスケット部の顧問なんだから」

「お飾りじゃないすか」

センセーが黙った。何か言ってよ、センセー。

「ハッキリ言いますけど」小野さんが口を開いた。「先生、バスケットボールのこと、何も知らないでしょ」

「……勉強してるわ」

センセーの声が小さくなった。頑張ってくれ、センセー。

「ルールだってよくわかってないでしょ。スコアだってつけられないじゃないですか」

「……それはそうだけど。でも、これからはいろいろ研究するつもりよ。今は時間がないけど、もう少し経ったらちゃんとルールとかもわかるようになるわ」

「もう少しっていつですか」

「……それは……」

「言えないでしょ？　バスケに興味ないでしょ？」

小野さんが口元を曲げた。センセーがまた黙ってうつむいた。

「先生、オレたちはオレたちだけでやっていきます。違う学年の奴はいらない。それがオレたちの結論なんです」

すいません、と小野さんが頭を下げた。センセーは黙ったままだった。じゃあそういうことで、と小野さんがもう一度軽く頭を下げてから、ゆっくりと歩き去っていった。ぼくたちも何となく頭を下げた。

「……センセー」

ぼくは顔を上げた。ゴメンね、とセンセーが言った。

「わたしの力じゃどうしようもないみたい。ちょっと時間をちょうだい。他の先生方とも話してみるから」

ぼくたち七人はそれぞれにうなずき合った。ぼくたちではどうすることもできない。センセーたちに任せるしかないだろう。

（やれやれ）

何でこんなことになったんだろう。困ったもんだ。ぼくたちはただバスケットボールをやりたいだけなのに。はあ、とその場にいた全員がため息をついた。

入部したのはいいけれど……おい

1

二日待った。

本仮屋《もとかりや》センセーは必ずいい方向に話をつけるからと言った。ぼくたちはそれを信じて待つことにしたのだ。

その間、センセーとすれ違ったりすることもあった。センセーはちょっと困ったような顔をして、もうちょっと待っててねと言うのだった。まあ、こっちとしても動きようがない。任せるしかなかった。

三日目の放課後、呼び出しがかかった。ぼくたちは職員室に集まった。そこには本仮屋センセーと田辺《たなべ》先生が待っていた。

「これで全員か」

田辺先生が一年生を見渡して言った。はい、と豊崎《とよさき》が代表して答えた。そうか、と田辺先生がうなずいた。本仮屋センセーは何も言わない。ただ黙って立っているだけだった。

「小野はどうしました？」

田辺先生が顔を上げた。呼んであります、と本仮屋センセーが小さな声で答えた。

「もうすぐ来ると思います」

「そうですか」

田辺先生が首の骨を鳴らした。不快感まる出しの顔をしている。不機嫌なのは確かめるまでもなかった。

それからしばらく、ぼくたちは無言のまま待ち続けた。誰も何も言わなかった。

小野さんが現れたのは三十分以上経ってからのことだった。

「こっちだ、小野」

田辺先生が手を上げた。ひとつ頭を下げた小野さんがこっちへ来た。ぼくたちをちらりと見てから、遅くなってすいません、とまた頭を下げた。

「ずいぶん待ったぞ」

田辺先生が苦笑した。どうもすいません、と小野さんが同じことを繰り返した。

「まあいい。全員、お疲れ」

はあ、とぼくたちはあいまいに言った。小野、と田辺先生が口を開いた。

「昨日も話した通りだ。連中はバスケ部への入部を希望している」

「はい」

小野さんが言った。田辺先生が話を続けた。

「国分《こくぶ》のモットーは自由ということだ。それは変わらん。自由というのが何よりも大事なことなのだ」

急に田辺先生が軍人口調になった。先生も緊張しているらしい。

「そしてこいつらの希望は、可能な限りかなえてやらなければならない。彼らはバスケ部への入部を希望している。それを禁じる権限は誰にもない。学校にも、ましてや二年生のお前たちにもだ」

「はい」

「納得してくれるか」

「昨日の放課後、残っているバスケ部二年全員で話し合いました」小野さんが言った。「先生の言わんとすることはわかったつもりです。オレらも国分の生徒ですから」

「うむ」

「まあ、いろいろと意見は出たんすけど」小野さんが頭をがりがりと掻《か》いた。「とりあえず先生のおっしゃる通り、一年生の入部届は受け入れるということで、全員の意見が一致しました」

　隣に立っていた鶴田がぼくの背中を平手で叩《たた》いた。まったくだ。やっと部活ができる。バスケができるのだ。

「全員の意見が一致してよかった」田辺先生が言った。「妙なわだかまりができたりするのはよくないからな」

「はい」

「ではそういうことだ」田辺先生がぼくらの方を向いた。「二年生はお前たちの入部届を受理してくれた。今日からお前たちは、バスケットボール部の部員ということになる」

「ありがとうございます」

　ぼくたちは自然に頭を下げた。よく考えると、部活に入るのに何でいちいち頭を下げなきゃいけないのかという感じもあったのだけれど、とにかくここは頭を下げた方がいいとみんな思っているようだった。

「よかったね、みんな」本仮屋センセーが言った。「これでみんなもバスケ部の一員ね」

　そういうことだ、と田辺先生が言った。

「あと、細かいことは小野に訊《き》け。もう知ってると思うが、小野はバスケ部のキャプテンだ。部活のことは全部小野が仕切っている。詳しいことは小野に訊け」

小野さんはといえば、腕を組んでいた。何だかとんでもなくイラついているようだった。

「一年生」小野さんが口を開いた。「一応、確認しておく。三年生の起こした例の事件については聞いてると思う。その責任をバスケ部がどう取ることになったかというのも、聞いているな」

はい、と豊崎が言った。

「三年生の退部、あと部としては一年間の対外試合禁止」ですよね、と左右を見た。田辺先生が不快そうにうなずいた。そういうことだ、と小野さんが言った。

「最後に訊いておくが、それでもいいのか？　一年間、どんな大会にも出られないということだぞ。その意味がわかっているのか？」

「はい」ぼくは口を開いた。「わかってます」

「お前、確か斉藤だったよな」

「はい。斉藤です」

「本当にわかってるのか？」小野さんが腕をほどいた。「試合ができないんだぞ」

小野さんは百九十センチはあるだろう。そして顔は岩を削って作ったような感じだ。そんな人が上から押さえつけるように言葉を発すると、異常に怖《こわ》いということをぼくは発見していた。

「はあ……でも、まあ仕方がないっていうか」

「仕方がない？」

「三年生のやったことは、それぐらいヤバイことだったわけで……責任を取るっていうか、処分は仕方のないことだと思います」

「他の全員も同じだな？」

小野さんが言った。みんながそれぞれにうなずいた。

「わかっているんなら、それでいい」

小野さんがそれだけ言って、視線を田辺先生に移した。田辺先生がうなずいた。

「よし、じゃあ話は終わりだ。解散」

失礼します、と言って小野さんが職員室を後にした。残されたぼくたちはプレッシャーから解放されて、大きなため息をついた。

「先生、大丈夫なんでしょうか」

本仮屋センセーが言った。何がですか、と田辺先生が訊いた。

「小野クンですけど……本当に先生のおっしゃったことをわかってくれてるのでしょうか」

「小野も馬鹿じゃない」田辺先生が首を振った。「わたしの言ったことがわからんほどガンコでもありません。わかってくれているはずです」

「……何だか、そんなふうには見えなくて……」

センセーの言う通りだった。口ではわかったようなことを言っていても、小野さんは何かヘンな感じだった。それを感じていたのはぼくだけではないだろう。他のみんなも何となく落ち着かない雰囲気だった。

「まあしかし、小野は受け入れると言ったわけですから」

田辺先生が言った。確かにその通りだ。小野さんはぼくたち一年生の入部を受け入れると言ったのだ。これで今日からぼくたちはバスケ部の部員だ。

「……でもなあ」

鶴田がつぶやいた。まだ何があってもおかしくはない。そんな感じだった。やべえ、と豊崎が叫んだ。

「練習日って何曜日なんだろう?」

「何曜日なんですか?」

ぼくは田辺先生に質問した。知らん、という答えが返ってきた。

「部活の内容は生徒の自主性に任せている。昨年度は毎日だったが、今年度からどうしてるかは聞いてない」

本仮屋先生は知ってますか、と田辺先生が訊いた。すいません、とセンセーが首を振った。

「わたしも聞いていないんです。届けには毎週月、水、金、土の放課後と書いてありましたけど、わたしには来なくていいって……」

「まあ、すべては小野に訊け」田辺先生が無責任な発言をした。「全部任せてある。小野に訊け」

慌《あわ》てて僕たちは職員室を飛び出した。だけど、小野さんはもういなかった。さっさと帰ったようだった。

「体育館、行ってみようか」

誰からともなくそんなつぶやきが漏《も》れた。ぼくたちは早足で体育館へと急いだ。でも、体育館にバスケ部員の姿はなかった。バレー部とか、他の部はいろいろやってたけど、バスケ部は何もしてなかった。しょうがねえな、と豊崎が言った。

「明日、また昼に来ることにしよう。そうしたら何かわかるだろう」

「今日のところは帰りますか」

高野が言った。そうしよう、とぼくたちはとぼとぼと校門を目指した。何かシャキッとしないなあ。そんなことをぼくは考えていた。

2

翌日の午後、ぼくたちは昼食もそこそこに、体育館へと向かった。何も打ち合わせていたわけではないのだけれど、ぼくたちは全員がTシャツにショートパンツという格好《かっこう》だった。もちろん足元はバスケットシューズだ。

「まあな、結局はこういうスタイルになるんだよ」大倉が歩きながら言った。「こういう定番のさ」

四月も中旬で、ジャージを着るには暑かった。それに、この前二年生たちもTシャツに短パンというラフな姿だった。そんなことも頭にあったのかもしれない。

体育館に着くと、もう二年生たちは来ていた。早いな、と誰かが言った。二年生たちはドリブルの練習をしていた。腰が低い。ぼくたちは走ってキャプテンの小野さんの側に寄った。

「お疲れ様です」

鶴田が声をかけた。何だ、というように小野さんがこっちを向いた。

「あの、お疲れ様です」大倉が言った。「一年の、大倉です」

小野さんがボールを胸の前で持った。

「一年か」

「はい」

僕たち全員がうなずいた。ふうん、と小野さんが言った。ふうんって何だよ、それ。そこはふうんじゃないいんじゃないすか。

「集合」

小野さんがちょっと大きな声で言った。ドリブルをしていた二年生たちが動きを止めた。

「しゅーごー」

小野さんがもう一度言った。二年生たちが足を引きずるようにしてこっちへやって来た。

「何よ」

黒いタンクトップを着た人が言った。神田《かんだ》という人だ。この人のことは憶《おぼ》えている。

「昨日話しただろ。ナベセンから言われた一年生」

ナベセン、というのは田辺先生のことだろう。なるほどね、と神田さんがうなずいた。他の二年生たちも首を振っている。

「入部希望の一年生だって」

小野さんが言った。はあ、なるほど、と二年生たちがこっちを見た。ちょっと恥ずかしい。あんまり見ないで。

「何人いるんだ。イチ、ニ、サン……七人か」

よろしくお願いします、と僕たちは揃《そろ》って頭を下げた。反応はなかった。何なんだよ、おい。少しは何かリアクションしろっつーの。

「学校のモットーは自由ということだから」小野さんが言った。「そこだけは譲《ゆず》れないとナベセンは言った。まあそれはその通りだ。国分の校風は自由と昔から決まっている。入部を希望するのはこいつらの自由で、権利でもある」

「わかってるよキャプテン」神田さんがうなずいた。「もうその話は何度もした。お前の立場はわかってるって」

二年生全員が首を縦に振った。なんだか怪しい宗教団体のようだった。

「じゃあそういうことで。練習」

小野さんが命じた。みんなが元いたポジションに戻っていった。おいおい待ってくれよ。ここで皆さんとぼくたちの紹介とかになる流れなんじゃないの？

一年生全員がそう思っていたらしい。みんなが一歩下がった。必然的にぼくだけが前に出ることになった。

「何だ」

ボールをコートにバウンドさせながら小野さんが言った。何でぼくなのだろう。神様、ホワイ。

「……あのすね、キャプテン」ぼくは口を開いた。「ぼくたちは……何をすればいいんでしょう」

「さあ」

小野さんが言った。さあ？　どういう意味すか、それ。

「何でもします。ボール磨きでも、コートの掃除《そうじ》でも雑用でも何でもします。指示してください」

「別にいいよ」小野さんが首を横に振った。「自分たちでやるから」

手は足りてる、とドリブルを続けた。待ってくださいって。

「いや、その……それじゃ一年生は何すればいいんすか」

「何もしなくていい」

ぼくは振り向いた。何のこっちゃという顔つきでみんながぼくを見ている。いや、そりゃぼくの言いたいことだってばさ。

「何もしなくていいって……どういう意味ですか」

小野さんがボールをコートに転がした。

「昨日、田辺先生とオレとの話は聞いていただろ？」

「はい、聞いてました」

「先生は言った。一年生の自由を認めてやれと。つまり入部を許可するようにと。

実は、何日か前から言われていたことなんだ」

「そうすか」

「それで、結局こっちが折れることになった。何しろ国分だからな。部活に参加できる自由は守られなければならないと言われたら、こっちもうなずくしかない。だが正直なところを言えば、前にも言った通り、一年生なんかいらないんだ」

「他の学年は信じないってことすか」

「そうだ。オレたちは自分の代しか信じない。もう他の奴らのケツを拭《ふ》くのは嫌なんだ。わかるだろ」

「ぼくたち、そんなヤバイことしませんって」

「いいんだよ、どっちでも。オレらには関係ない。とにかく一年生はいらない。手伝ってもらわなくてもけっこうだ。入部は認めた。だがそれをどう扱うのかはオレら二年生の自由だ。オレたちは話し合った。その結論として、一年生には部活に参加してほしくないということになった」

おいおい。どうなっちゃってるんだ。入部は認めるけど、部活に参加してほしくないだって？　そんなバカな話があるもんか。

だけど、小野さんはそのバカな話を通そうとしているようだった。いらないんだよ、と同じ言葉を繰り返した。

「入部は認める。ただし、余計なことはしないでほしい。見学だったら好きなだけしてくれ。オレたちは毎日昼休み、このコートで練習をしてる。それを見ている分にはかまわない。だけどな、参加しようったって無駄だ。このコートには一歩たりとも足を踏み入れてはならない」

「そんな……それじゃ飼い殺しってことすか？」

ぼくは訊いた。そんな言葉は使いたくないが、と小野さんがうなずいた。

「まあ、そういうことだな」

「そんな……バスケ部入った意味ないじゃないすか」

「ここはそういう部なんだ。嫌だったらいつでも辞《や》めろ。退部届にオレの許可はいらない。黙って本仮屋に渡せばいい」

「見学だけですか？」

「そうだ」

「見てるだけ？」

「そうだ」

「一年間？」

「オレたちが部活から引退するまでだ。大丈夫だ、安心しろ。三年の夏前にオレたちは全員引退する。そう決めているんだ」

「マジすか」

「オレたちが辞めたら、あとはどうしようとお前たちの自由だ。来年の一年生を引きつれて、バスケットボール部をオープンなものにしたっていい。何でもやり放題だ」

ただし、それまではボールに触れるどころか、コートに入ることも許さない、と小野さんが言った。ぼくは思わず前に一歩出ていた。基本的には人の言いなりなのだけど、あんまり理不尽《りふじん》なことを言われるとキレるというのはぼくの性格だ。

「そんな無茶な話ってありますか？」

待て待てジュンペー、と後ろから腕を強く引かれた。ぼくの腕を取っていたのは豊崎だった。

「何だよ」

いいからこっち来い、と豊崎が言った。ジュンペー、顔がヤバイってと大倉がぼくの肩を抱いた。どうやらぼくはとんでもなく逆上していたようだった。取り乱してどうもすみません。

「落ち着けよジュンペー」豊崎が言った。「どうどうどう」

「馬じゃねえんだ」ぼくは吐《は》き捨てた。「何なんだよまったく」

「まあいいから、話を聞けよ」

「聞くよ」

「これはな、オレたちは試されてるんだと思うな」

「試されてる？」

「そうだ」豊崎がうなずいた。「これは一種の入部テストみたいなものなんだよ」

どういうことだ、とぼくは訊いた。それはな、と話を引き取った高野が口を開いた。

「忠誠心を試されてると思うんだよ」

「忠誠心？」

「三年生のことがあったからさ、二年生もいろいろ考えてるところもあると思うわけよ」高野が言った。「またそんなトラブルがあったら目も当てらんないだろ？だからさ、ここは一発オレらを試すようなことを言って、ビビらせようとしてるんじゃないかなと」

「ビビらせる？」

「そういうこと。それでオレらがヤバイことしないってわかったら、晴れて入部させてくれるっていうかさ、練習にも参加させてくれるんじゃないか、そういう話の流れなんじゃないの？」

そうだろうか。どうもそんな感じじゃなさそうだったぞ。

「いや、とにかくここはわかりましたって言っておけって」大倉がささやいた。

「逆らっても意味はない。向こうだってちょっとおかしくなってるんだ」

ぼくは他の連中を見た。みんな何も言わない。全員、今の意見に賛成だということだ。ぼくはもう一度前に出た。

「小野キャプテン」

「何？」

「わかりました。とりあえず見学に回ります」

「わかってもらえてありがたいね」

小野さんが足元のボールを拾い上げて、またドリブルを始めた。ぼくたちは数歩下がって、その様子を見つめた。

3

数週間が経ち、連休が明けた。五月八日になっていた。

気がつけば一年生は一人欠け、二人欠け、結局その時点で練習にやってくるのはぼくと鶴田、ツルだけになっていた。

仕方がないと思う。無理もないと思う。それほど、二年生の一年生に対する無視はあからさまなものだったからだ。

例えばこうだ。二年生は昼休み体育館に集合すると、まず走り始める。コートの周りを何周もするのだけれど、それに参加することもダメだという。練習前のストレッチもだ。コートの外で見ていろという。

　あるいはこうだ。練習を見学していると、たまにこぼれ球がぼくらの方に転がってくることがある。それを拾ってしまうのは一年生の習性のようなものだ。だが二年生はそれもするなという。放っとけばいいんだという。

　遠くの方に転がっていったボールを拾ってきても、ありがとうも余計なことをするなよもない。ただ、何もするなという。しまいには無言でボールを受け取るだけだ。まったくの無反応。こんな状態が続けば、そりゃあやる気をなくすというものだ。

　もちろん、どんな部でも、一年生は見学だ。そんなことは昔から決まっている。中学の時だってそうだった。入った当初はとりあえず見ているしかない。

　聞いた話だと、野球部に入った一年生は外野の草むしりをさせられているという。今時、そこまで古典的なやり方というのもどうかと思うけど、基本は一緒だろう。

　だから、見学してろというのはいい。それに対して異《い》を唱えるつもりはない。ただ、無視はどうかと思う。小学生だってこんなロコツな無視はしないだろう。

　高校生といえばもうプチ成人だ。子供じゃないんだから、そんな馬鹿なことはしなくていいのではないかと思うのだが、二年生は小野さんを中心として、徹底的な一年生無視を貫いていた。

別に温かい心の交流を求めているわけではない。後輩としてかわいがってもらいたいというのでもない。急にベタベタされても正直困る。だけど、もうちょっと何かあってもいいんじゃないかとも思う。無視はキツイって。

精神的なダメージを与えられた一年生は、順番に去っていった。豊崎、森本、坂田、高野、大倉の五人だ。

最初に来なくなったのは豊崎だった。一年生の中でも一番背が高く、やる気満々だった豊崎。でも、そのやる気が裏目に出たのだろう。十日もしないうちにコートに現れなくなった。

それは他の四人も同じだ。森本も、坂田も、高野も、大倉も、気がつけば出てこなくなった。気持ちはわかるから、あえて誘いに行こうとは思わなかった。そうして、とにかく残ったのはぼくとツルだけになった。

ぼくが残った理由は簡単だ。ぼくはクラスで浮いていた。人間関係の話ではない。そうではなくて、国分学園という大学受験のための進学校というシステムの中でだ。

ぼくは授業内容にまったくついていけずにいた。仕方がない。何しろこの学校に入れたのは偶然とラッキーによる奇跡のたまものだった。ぼくは中学でも、はっきりいって成績は下位グループにいたのだ。国分に入る器ではなかった。

連休前に行なわれた各科目の小テストで、ぼくは最少得点王としてクラスの平均点を下げに下げた。

それが周りにバレて、担任からは呼び出しを食らったほどだ。

そんなぼくが、バカ王という称号を与えてもらった。今では斉藤ジュンペーといえばバカの代名詞みたいなことになっている。

そんなぼくが、他に何ができるというのだろう。何もできやしない。バスケットボールしかなかった。二年生からの無視はキツイけど、とにかくここしか居場所はないと思った。だから残った。それだけのことだ。

ツルはもっと簡単だ。ツルはぼくと違って成績も上位だし、国立文系コースだし、はっきり言って優等生なのだけれど、奴にはもうひとつポイントがあった。それは、中学からバスケットボール推薦《すいせん》でこの国分学園に入っていたということだ。

文武両道の国分学園では、成績優秀者でなおかつ運動系の能力が高い者に対して、推薦ワクを設けていた。このワクで入学すると、授業料免除という特典がつく。ツルもその一人だった。だからバスケ部に形だけでもいないといけないんだ、とツルは言った。

「そうしないと、授業料を払わなきゃならなくなる。うちは親が離婚しちゃって、オフクロとボクだけなんだ。だから、お金のことは大問題なんだよ」

ツルはニコニコ笑いながら説明してくれた。何ちゅうよくできた子なのだろうとぼくは思った。ツルは身長でいうとぼくより少し高い。百八十五あるかないかというところだ。

やせ型で、均整の取れた体つきをしている。顔は何となく全体にほのぼのした感じがあり、ベトナムの農民のような雰囲気だった。

ツルとはよく話した。毎日、昼食は一緒にとっていたから、その時も話したし、体育館でもよく話した。放課後もだ。

ツルはぼくと違って優等生だったけど、それをひけらかすようなことはなかった。バカ王と呼ばれているぼくのことを、冷たい目で見るようなことも一度もなかった。

バスケットボール部が順調に回ったら、とぼくは考えた。ツルをキャプテンに推《お》そう。

話だけではない。練習もよくやった。よく理由はわからないのだけれど、二年生は放課後に練習をしなかった。まあ、一生懸命やったところでどうせ公式試合には出られないという思いもあったのだろう。

とにかく、放課後の練習はなかった。当然、コートは空いていたので、ぼくたちが勝手に使ってもどこからも文句は出なかった。

これは七人いた時からそうだったのだけれど、ボールは全員持っていたので、みんな学校に持ってきていた。それを使って、ドリブルやパス、シュートなどの基本練習、そしてふた手に分かれてのスリーオンスリーをよくやった。

最初のうちは、誰がどのぐらいうまいのか、実力がわからなかったので、チーム分けも適当だったけれど、それぞれのスキルがわかってからは、オフェンスに強い者、ディフェンスに強い者をうまく振り分けて、互いの力が平均化されるようなチームを作って、ゲームをした。

豊崎が抜け、森本が抜け、そして坂田、高野、大倉の三人が抜けてからは、ツルとぼくだけでワンオンワンをするしかなくなっていたのだけれど、まあそれでも何もしないよりはましだったから、二人で毎日ゲームをしていた。

ツルはうまかった。さすがはバスケ推薦だけのことはある。ディフェンスもオフェンスも平均的にうまい。足も速かった。かといって、ぼくの方が下手《へた》だというわけでもない。中学時代、たった五人しかいない弱小チームとはいえ、それを率いていたのだから、それなりにテクニックもある。

ちょっとラフなのはぼくの持ち味だった。どんな場所からでもゴールを決めようとする執念みたいな部分では、ぼくの方がツルを上回っていたかもしれない。

おしなべて言えば、優等生的なプレイスタイルのツルと乱暴者のぼくということになるだろうか。テクニカルな意味ではツルの方がぼくより上だったけれど、調子がいい時はぼくの方がシュートを決める回数が多かった。

そんなふうにして、連休明けからぼくとツルは練習をしていた。昼休みは二年生の練習や実戦形式の試合をただ見てる。無視されてるのは相変わらずだ。それでも、とにかくぼくたち二人はバスケ部にしがみついていた。

だけど、そんな無理は続かない。それは最初からわかっていたことだった。

4

月曜日の昼だった。ぼくとツルは体育館で、二年生の練習を見ていた。

準備運動ということなのか、二年生はパスを回していた。要領のいい動きだった。ぼくたちはすることがない。ただ見てるしかなかった。

正直言って退屈だった。スポーツは何でもそうだと思うけど、見ているより自分でプレイした方が楽しい。バスケももちろんそうだ。それでも、ただ見てるしかない。コートに入ることは許されていなかった。

「あれ?」

いきなりツルがつぶやいた。どうした、とぼくは言った。

「あれ、見てみろよ」

ツルが指さしたのは隣のコートだった。そこではバレー部が練習をしていた。いつものことだ。

「いや、そうじゃなくて、控えの選手」

ツルが言った。ぼくは言われるままにコートの外で屈伸《くっしん》運動をしていた七、八人のTシャツ姿の連中に目をやった。

「あれ？」

ぼくもツルと同じことを言った。あれ、見間違いかなあ。

「豊崎？」

ぼくはツルを見た。じゃねえ？　とツルが首を傾《かし》げた。ぼくたちは隣のバレーコートに視線を注いだ。そこでストレッチをやっているのは、確かに豊崎だった。

「どうする？」

「ちょっと行ってみよう」

ぼくたちは顔を上げた。目の前では相変わらず二年生がパス回しをしていた。別にちょっとここから離れても、怒られるようなことはないだろう。

「よし、行くぞ」

ぼくが先に立って歩き出した。もっとも、歩くといってもただ隣へ移るだけのことだから、そんなに距離があるわけではない。

「豊崎！」

おおっ、と豊崎が照れたように笑った。何してんだよ、とツルが言った。

「バレー部に入ったんだ」

円になって何やら体操のようなことをしている七、八人の群れから豊崎を引っ張り出した。

「マジでか」

「まあね」

「変わり身、早いな」

うん、と豊崎が腕を組んだ。

「まあ、そう言われても仕方ない」

「いや、別に責めてるわけじゃないよ」

うん、と豊崎がもう一度言った。

「おれだけじゃないんだろ、辞めたの」

「ああ。ていうか、残ったのはジュンペーとボクだけだ」ツルが言った。「あとのみんなはお前を追うように辞めてったよ」

「だってなあ……仕方ないじゃんか」

豊崎が大きく息を吐いた。まあ、気持ちはわかる。

「二年生はあの態度だろう。あの硬さはさ、おれの見るところ一年は続くね。辞めるまでずっとさ」

　そうかもしれない。その可能性は高かった。

「高校生活は三年しかないんだぜ」豊崎が指を三本立てた。「おれ、単純にもったいないなって思ったんだ」

　豊崎がまたため息をついた。ぼくは豊崎の肩に手を置いた。

「言ってることはわかるよ」

「一年はただ見てろっていうのは、まあしょうがないところもあるけどさ、だけどあの無視の仕方はないだろ。あれじゃやる気なくなるよ」

「まあ、やる気をなくさせるためにやってることだからな」

　ツルが言った。その通りだろう。

「おれだってホントはバスケやりたかったよ。中学の時から、ずっとやってたスポーツだしな。おれ、けっこううまかっただろ？」

「うん。身長もあるしさ」ぼくは言った。「いいプレイヤーだと思ってたよ」

「だけどさ、あのままじゃどうにもならない。遊びでやってる分にはいいけど、あんなところで一年間をつぶすなんて、もったいなくてできないと思ったんだ」

「うん」

　ツルがうなずいた。豊崎が首の辺りを掻いた。

「田辺先生に相談したんだよ。バスケ部辞めることになりそうだけど、どこかいい部はありませんかって」

「そうなんだ」

「そしたらさ、体格とか見てのことなんだろうけど、バレーはどうかって。やったことあるかって」

あんのか、とぼくは訊いた。

「いや、ほとんどない」豊崎が首を振った。「中学の時、体育の授業でほんのちょっとやっただけさ。だけど、田辺先生はいいんじゃないかって。身長とかジャンプ力を考えると、バレーが一番向いてそうだって」

「それで入ったわけか」

「まあそういうこと」

「どうよ、バレー部は」

ぼくは訊いた。わかんないよ、と豊崎が肩をすくめた。

「今日が初日なんだ」

「あ、そうか」

「でも、雰囲気は悪くない」豊崎が微笑《ほほえ》んだ。「二年生も、三年生もちゃんと相手をしてくれる。同じ一年生もいる。みんないい感じだ」

「ふうん」

「バスケ部とは大違いだよ」

あらそうですか。そりゃようござんしたね、と。

「それにさ、バレー部は今の時期から一年生も練習に参加させてくれるんだ」

「なるほど」

ツルが言った。確かに、それはちょっとうらやましい。

「他の部はどうなのかな」

ぼくは周囲を見渡した。広い体育館の中では、バドミントン部、卓球部などいくつもの部が練習をしていた。女子の姿もたくさんあった。

「細かいところはよくわからんけど」豊崎が言った。「最近、一年生を早めに練習に参加させようという流れになってるらしい」

「そうなんだ」

「田辺先生の受け売りだけどな。昔は、それこそ一学期終わって、夏休みが終わるまでは一年生はただ見学、みたいなやり方をしている部も多かったらしいけど、今そんなことしてたら一年生全部辞めちゃうって」

「時代の流れだね」

ツルの言葉に、どうやらそういうことらしい、と豊崎がうなずいた。

「まあ、一部ではまだ封建的っていうのかな、昔ながらのやり方を守っている部もあるみたいだけど、だんだん自由化されていってるっていうのかな、そんな感じだよね」

「バレー部もそっちの方か」

「ああ。まあ、そっちも頑張ってくれよ。隣同士のコートで練習するのも何かの縁だろう。よろしく頼むよ」

こっちこそ、とぼくは言った。

「まあ、うまくいくことを祈ってくれよ。二年生が態度を軟化させるように」

「そりゃ、祈るだけ無駄だと思うけどなあ」

豊崎がぼやいた。その足元にひとつのボールが転がってきた。バレーのボールではない。バスケットのボールだ。

ぼくはボールを拾い上げた。ボールの転がってきた方向を見ると、そこに小野さんが立っていた。

「チワス」

ぼくは頭を下げた。小野さんがこっちへ近づいてくる。ぼくも小野さんの方へ走った。

「ボールっす」

ぼくはボールを差し出した。ありがとうもサンキューもなく、小野さんがぼくの手からボールを取り上げた。

「……いいのに」

小野さんが低い声で言った。はあ？　とぼくは聞き返した。

「いちいち持ってこなくていいんだよ」

小野さんがぼくを見た。そりゃまあ、確かにそう言われてる。だけど、今のボールは測ったようにぼくたちの足元に転がってきたのだ。無関係の第三者でも転がってきたボールは拾い上げるだろう。

ぼくはちょっとイラついていた。豊崎がバレー部のことを楽しそうに話すのが、ちょっとムカッときている部分もあった。そうでなければ、何も言わずにそれっきりになっていただろう。ぼくは思わず口を開いてしまったのだ。

「小野キャプテン、ぼくらを練習に参加させてください」

小野さんがじっとぼくを見つめた。奇妙な動物を見つけた時の学者のような目だった。

「キャプテン、お願いします。ぼくとツルを練習に参加させてください」

ぼくは思い切り深く頭を下げた。慌てて前に出たツルがぼくに並んだ。

「お願いします」

時に顔を上げた。

そのままの姿勢で数秒待った。ダメだ、という声が聞こえてきた。ぼくたちは同

「お願いします」

「何でダメなんすか」

ぼくはまっすぐ小野さんの目を見た。小野さんがゆっくりと顔を背《そむ》けた。

「ダメなものはダメだ」

「何でですか」

ツルが言った。小野さんが首を振った。

「オレたちは他の学年を信用していない。一年生でもだ」

「そんな……おれたち、そんなヤバイことしないですから」

ぼくは叫んだ。無駄だ、と小野さんが言った。

「お前たちがバスケ部への入部を希望することは、確かにお前たちの自由だ。だが、そのお前たちをどう扱うかは、オレたち二年生の自由だ。この学校のモットーは自由だ。だったら好きにやらしてもらう」

「キャプテン！」

「話は以上だ。お前らもさっさと辞めたらどうなんだ。アイツみたいに」小野さんが豊崎を指さした。「賢《かしこ》い選択だと思うがね」

豊崎がちょっとだけ頭を下げた。後ろめたい気持ちはあるらしい。

「辞めないっすよ」ツルが言った。「辞めないすから」

「そうっす。辞めないっす」

ぼくもうなずいた。なぜだ、というように小野さんが肩をすくめた。

「言ったはずだぞ。オレたちが現役でいる限り、お前たちはコートの中に入れないと」

「ボクはバスケットボールが好きです」ツルが言った。「誰に何と言われようと、バスケが好きなんです」

「同じです」ぼくは一歩前に出た。「バスケしかないんです」

「だったらしょうがないな」小野さんが首を振った。「どうしようもない。今のま
ま、お前たちにはコートの外にいてもらう。他に場所はない」

「ボクたちを練習に参加させてください」ツルが頭を深く下げた。「お願いしま
す。ボクとジュンペーをバスケ部の練習に参加させてください」

どうした、と声がかかった。バスケ部の二年の神田という先輩だった。

「何かトラブルか」

「いや、たいしたことじゃない」小野さんがボールをコートにバウンドさせた。

「すぐ戻る」

「待ってください」ぼくは言った。「話を聞いてください」

「もう十分だ」

「待ってくださいって。お願いしますって」

「最後に言っておく」小野さんがボールを近づいてきた神田さんに渡した。「何をしてもオレたちの気持ちは変わらん。お前たちをバスケットボール部に迎え入れるつもりはない。悪いことは言わない。さっさと辞めるべきだ。辞めて、他の部に入れ」

「そうだなあ。その方がいいと思うぞ」神田さんがのんびりとうなずいた。「今ならどこの部でも入れてくれるだろう。まだ五月だ。十分間に合う」

「そんなこと言ってるんじゃないっすよ」ぼくは言った。「バスケがやりたいんです。他のスポーツじゃ嫌なんだ」

「わからねえ奴だな。オレらはな、他の学年の奴らが嫌いなんだ。憎んでると言ってもいい。必要ねえんだよ」

神田さんが吐き捨てた。ちょっと待ってください、とツルが言った。

「先輩、このままじゃどうしようもありません。でも、ひとつだけ言えることがあります」

ツルは真剣な表情だった。何を言うつもりなのだろう。

「今のところ、ボクとジュンペーはバスケ部員です。練習に参加してようがしてまいが、手続き的には純然たるバスケ部員です」

「さっさと辞めた方がいいぞ」

神田さんが言った。いや、とツルが薄く笑った。

「このままだったら、ボクら問題起こしますよ」

「問題？　どういう意味だ」

小野さんが不審そうな顔つきになった。

「やってやりますよ。しかも、わざとバレるようにね。煙草《たばこ》でもお酒でも、とツルが言った。

ます？　一応ボクらはバスケ部員です。部として責任を取れとか、そんなことになるんじゃないすか」

「脅迫《きょうはく》か？」

神田さんが言った。どう取ってもらってもかまいません、とツルが首を振った。

「まあ、一年生のボクらは停学処分を食らうでしょう。でもバスケ部もタダでは済みませんよ。活動休止ということになるかもしれない」

「そんなことさせてたまるか」

小野さんが言った。それに、と神田さんが首を曲げた。

「そんなことしたら、それこそお前らは二度とバスケができなくなるぞ」

「今のままの状態が続くんだったら、いっそその方がスッキリするってもんです」

ぼくはツルを見た。怖《おそ》ろしいことを考える奴だ。自爆を覚悟で突っ込んでいってる。腹の据《す》わった奴だとは思っていたが、これほどとは。

「どうします？」

ツルが笑った。すごみのある笑顔だった。さすがに小野さんと神田さんが真剣な表情になった。

「どうしたいんだ」

「練習に参加させてください。それがダメなら、せめてボクとジュンペーのテストをしてください」

「テスト？」

「実力査定です。ボクらがどれだけできるのか、見てください」

待て、と小野さんが言った。

「……そこまで言うなら、ゲームをしよう」

「ゲーム？」

「試合だよ」小野さんが笑った。「お前らとオレたちの試合だ。勝った方の要求がすべて通る。そういうことだ」

試合。どういう意味だろう。ぼくとツルは立ち尽くしていた。小野さんがボールを高く放り投げた。

いきなりワンオンワンですか……ウソ

1

ボールが落ちてきて、大きくバウンドした。小野さんが口を開いた。

「お前たちとオレたちのワンオンワンだ。勝った方の言い分が通る。オレたちが勝てばお前らは即退部だ」

「こっちが勝てば？」

ツルが言った。その時は、と小野さんが苦笑した。

「練習に参加してもかまわない」

マジでか。何でも勝負でカタをつけるというのは、少年マンガの読みすぎだと思うのだけれど、とにかくこれはチャンスだった。

ぼくはツルを見た。ツルも大きくうなずいている。やりましょう。とぼくは言った。

「神田《かんだ》、やるか？」

小野さんが訊《き》いた。いいよ、と神田さんが言った。

「相手になるよ」

「全員集合」小野さんが声をかけた。「コートの外に出ろ。ワンオンワンだ」

へいへい、というような声と共に二年生が外に出た。コートの中にいるのは小野さん、神田さん、ツル、そしてぼくだけになった。

「よし、まずは斉藤っつったな。お前と神田のワンオンワンだ」

「はい」

「その次は、お前は何て言うんだ？」

「鶴田です」

「わかった。オレとやろう。長くやっても仕方ない。三ゴール先取でどうだ。ついでに、二人のうちどちらかが勝てば一年の勝ちにしてやるよ」

なるほどわかりやすい。ぼくはツルに視線を送った。ツルがうなずいた。それでいいですとぼくは答えた。

「審判はこっちから出すけどいいな？」

小野さんが言った。そりゃしょうがない。こっちには二人しかいないのだ。小野さんがコートの外に出ていた二年生の一人を呼んだ。

「村内っていうんだ。こいつにジャッジを任せる」

「はい」

ぼくとツルは同時に言った。村内さんというのは、別にこれといって特徴のない顔つきをしていた。色白の顔。それだけが印象的だった。

「よし、ちゃちゃっとやって終わらせよう。神田、準備はいいか」

小野さんが顔を上げた。いつでもいいよというふうに神田さんがうなずいた。

「斉藤、お前は？」

「ちょっと、ちょっと待ってください」

ぼくはバッシュを履《は》き直した。ツルがかがみ込んできた。

「相手は強いぞ」

「わかってる」

ぼくはシューズの紐《ひも》を思い切り強く結びながら答えた。

「二年と一年だ。向こうは一年間毎日練習している」

「うん」

「でもこっちだって毎日練習している。負けちゃいない」

「ゴチャゴチャ言うなよ」ぼくはツルの言葉をさえぎった。「集中させてくれ」

「そう集中だ」ツルがうなずいた。「集中していれば勝てる」

「いくぞ、一、二、三」

「ダー！」

「おい、まだか」

神田さんが言った。余裕のある声だった。

「大丈夫です」

ぼくは立ち上がった。ツルが不安そうに見つめている。その目は止《や》めてくんないかな。

「さっさとやろうぜ」神田さんが言った。「早く終わらせたいんだ」

小野さんがボールを放った。村内さんがキャッチする。二人こっちに、と村内さんが言った。

「用意はいいか？」

「オーケイ」

「はい」

神田さんとぼくが同時に答えた。いかん、ちょっとキンチョーしてる、とぼくは思った。雰囲気に呑《の》まれちゃいけない。深呼吸だ、深呼吸。

神田さんのプレイスタイルは練習で何度も見ていた。オーソドックスなスタイルの選手だけど、これといって穴はないタイプだ。ジャンプ力もある。ジャンプシュートが得意な選手だった。

確かに、このワンオンワンは二年生に有利だ。何しろ彼らは高校バスケを一年以上やっている。当然、それなりに経験を積んでいるはずだ。中学バスケとルールは変わらないとしても、やっぱり経験の差は大きいだろう。

だけど向こうにもハンデはある。こっちは一ヶ月くらい、二年生の練習を見てきた。プレイスタイルもわかっている。でも二年生はぼくとツルの練習を見たことがない。

どんなことをやってくるのか、何が得意なのかもわからないはずだ。早い話、右利《き》きか左利きなのかもわからないのだから、最初は様子を見てくるしかないだろう。

その最初のうちに、とぼくは考えていた。早い段階でゴールを決めれば、神田さんにも焦《あせ》りが生まれてくるはずだ。二年生というメンツもある。負けたらどうするか、プレッシャーもハンパないだろう。その心のスキをつけば勝てる。ぼくは展開をそう読んでいた。

「始めようか」

村内さんが言った。落ち着いた声だった。

「じゃあ、向かい合って……」

いいよ、と神田さんが言った。

「一年ボールから始めりゃいいじゃん」

余裕の発言だった。村内さんの手からボールを受け取り、ぼくに向かってゆっくり投げた。

「そっちからでいいよ」

ボールを受け取ったぼくは周りを見た。二年生はそれぞれにうなずいている。まあね、それぐらいのことはあってもいいだろう。

「よし、じゃあそういうことで。始め!」

村内さんが言った。ぼくはボールをコートに弾《はず》ませた。

2

神田さんはぼくから二メートルほど離れたところで構えていた。腰が低い。油断のないスタイルだった。どうする。ぼくは考えた。来るだろうか。いや来ないだろう。

二年生のメンツがそれを許さないはずだ。こっちの動きに対応して動く。格下の者を相手にした場合、それが普通だ。

それならそれでいい。ぼくは小さくうなずいた。ぼくが自信があるのはスピードだ。中学の時も、他校の選手とよく遊びでワンオンワンをしたけど、スピードで負けたことはなかった。シュートの決定率は低かったかもしれないけど、とにかく中へ切り込んでいくスピードには自信があった。どっちから切り込むか。右か左か。ぼくは神田さんの練習風景を思い出していた。

オールラウンドで、相手がどちら側に動いても万全の対応をする。そういう選手だった。でも、どっちかっていうと左への対応が遅い。それは確かだった。

ぼくはドリブルを始めた。一歩前に出る。神田さんは動かない。誘っているのだろうか。ぼくにはわからなかった。

集中だ。集中。つぶやきながらぼくはボールを弾ませた。視線を右にやる。もちろんフェイクだ。本当は左へ行く。でもそれを悟《さと》られてはダメだ。

ドリブルしながら右前に出た。神田さんが低い姿勢からそれに合わせて動く。じわじわと距離が縮まった。どうする、行くか。ぼくは一歩引いた。まだだ。もっとしっかりとフェイントをかけないと。

「早くしろよ」

野次《やじ》が飛んだ。うるせえよ、二年生。こっちは必死なんだよ。ぼくは神田さんを見た。バランスの取れたいい姿勢だった。

どっちからぼくが攻めても、止めてみせる。そんな感じだった。スキがない。くそ。

ドリブルしながら右前に出た。神田さんは動かない。もう一歩前に出た。どうだ。どうする。どう反応する。

神田さんは動かなかった。右へも左へも行かない。腰を落としてただ待っているようだった。ちょっとぼくはいらついた。少しは動けよこの野郎。

ぼくはドリブルを繰り返しながら、更《さら》にもう一歩右へ出た。これでどうだ。これで何も反応しないのなら、右から強引に切り込んでやる。

その時、神田さんの腰が上がった。かすかではあったけれど、反応したのだ。こっちから見て右側、つまり神田さんにとっては左側に体重が乗った形になった。待っていたのはそのタイミングだった。

ぼくは大きなストライドで左前へ突っ込んだ。突破してシュートだ。ワン、ツー、スリー。

だが、ぼくの見通しは甘かったようだった。すぐ体勢を整えた神田さんがぼくの動きに合わせてジャンプした。ぼくはシュートを放った。ジャンプした神田さんが右手を振る。はじかれたボールがコートに転がった。まっすぐ走った神田さんがボールを拾った。拍手が起きた。

（くそ）

読まれているのだろうか。ぼくのフェイントなんて、お見通しだったのだろうか。どうやらそういうことのようだった。神田さんがドリブルしながら、何ともいえない笑《え》みを浮かべている。

どっちから来るつもりだ。右か左か、それとも正面か。

ドリブルをしながら、神田さんが大股《おおまた》で近づいてきた。あまりフェイントをかけるつもりはないようだった。自信たっぷりの表情をしていた。

だけどこっちだって負けてはいられない。ディフェンス。ぼくは中学の先生に習ったことを口の中でつぶやいていた。

ヒザを楽に。相手の目を見て。どっちへ来ても柔軟に対応できるように。抜かれても慌《あわ》てないこと。神田さんが右に動いた。ぼくは一歩引いた。どうするつもりなのか。

だけど神田さんはあまり深く考えていないようだった。そのまま突っ込んでくる。おいおい、待ってくれよ。ぼくは少しパニックになった。こんなに強引に攻めてくるとは思っていなかったのだ。

左手を前に出しながらドリブルを続けていた神田さんが、いきなり姿勢を低くした。そのままこっちにぶつかってくる。ぼくもボールに向かって腕を伸ばした。左手でうまくガードしながら、神田さんがぐいぐいと押し込んでくる。ダメだ。引いたら終わりだ。

次の瞬間、神田さんが左足で大きく踏み込んできた。互いの体がぶつかる。ぼくは勢いに負けて大きく後ろに下がって尻もちをついた。

体をターンさせた神田さんがジャンプして、シュートを放った。ボールがきれいな放物線を描いて、ゴールに吸い込まれていった。

「ファールだ！　今のファールでしょ！」

ぼくは立ち上がりながら叫んだ。村内さんが首を振った。

「ファールじゃない」

「だって、あんなに強くぶつかってこられたら」

「これは高校バスケなんだ。中学バスケじゃない」村内さんが言った。「あれぐらい当たり前のことだ」

マジすか。相当、当たりが強かったんですけど。

「ほら、ボール」

神田さんがぼくに向かってボールを投げた。受け取ったぼくはツルの方を見た。不安そうな顔をしている。ぼくはどんな顔をしているのだろう。対照的に二年生たちはのんきな表情だった。むかつく。

「カウント、神田ワンゼロ斉藤。ＯＫ？」

村内さんがぼくたちを交互に見た。うちの中学ではそんな言い方はしなかったけれど、要するに一対ゼロで神田さんが勝ってるってことだろう。

ちょっと予定と違ってきたが、まあ仕方がない。全力でぶつかっていくしかないのだ。

「よし、じゃあ始め！」

村内さんが言った。いきなり神田さんが前に出てきた。ぼくは半身《はんみ》になってドリブルをしながら、左手を前に出してガードした。

神田さんの動きが速い。小刻みに手を出してくる。ぼくは防戦一方だ。どうする。どうすればいい。

ぼくの左足と神田さんの右足がぶつかった。神田さんが左手を前に出す。ぼくは左手を大きく振って、それを避けた。

（くそ）

このままじゃジリ貧だ。いずれはボールを捕られてしまうだろう。ここはいちかばちか、勝負に出るしかない。

ぼくは大きく二歩引いた。神田さんが追ってくる。でも、ちょっとだけスキがあった。ぼくは素早く体勢を整え、そのままジャンプした。シュート。

だがボールはゴールに入らなかった。リングにさえかすらない。遠すぎたのだ。神田さんが素早く走って、ボールを押さえた。ぼくはボールの方へ向かって走った。神田さんがドリブルをしている。余裕の笑みを浮かべているのがわかった。笑ってればいい。ぼくは歯をくいしばった。

神田さんが右へ走った。ぼくは合わせて走った。ぼくと神田さんの距離は一メートルもない。ボール。いつまでもドリブルしてるんじゃねえよ。

ぼくは右手を出した。神田さんが左手でブロックする。当たりが強い。だがここは譲《ゆず》れない。負けるわけにはいかないのだ。ボールに向かって必死で手を伸ばした。

不意に神田さんが体を左に振った。ぼくは反射的にそちらに向かって一歩踏み出した。それがフェイントだと気づくまで、一秒もかからなかったけど、もう遅かった。

ぼくの体は右に向かって伸びていった。必然的に左側がおろそかになっている。そのスキをついて、神田さんが切り込んできた。

(しまった)

もう遅い。急げ。神田さんがぼくを突破した。ヤバイ。走った。神田さんの背中が揺れている。急げ。まだ何とかなる。

神田さんが止まった。そのままシュートを放つ。きれいな動きだった。ボールが宙に浮かび、そしてゴールに吸い込まれていった。拍手が起こった。見ていた二年生たちからのものだった。

ヤバイ。二点リードされた。神田さんは強い。スピードもあるし、ボールをコントロールするテクニックもある。このままでは負ける。どうしたらいいのか。

神田さんが村内さんに向かってボールを投げた。受け取った村内さんがボールを拭《ふ》いてからぼくに渡した。

「もうちょっと頑張ってくれよ」村内さんが苦笑した。「少しはドキドキしたいもんだぜ」

「ここからですよ」

ぼくは言った。たいしたもんだ、と村内さんがうなずいた。

「まだ無駄口叩《たた》ける余裕があるんだな」

無駄口ではなく、意地だったのだけれど、ぼくもうなずき返した。とにかく、気持ちで負けてたらダメだ。

「カウント、神田ツーゼロ斉藤。ＯＫ？」

村内さんが言った。二対ゼロでぼくが負けているのは確かだった。そんなことはわかってる。こっからだ。まだ負けと決まったわけじゃない。

村内さんが言って、ぼくはボールを持ち直した。今度はどう出てくる。攻めてくるのか。様子を見るのか。

神田さんは動かなかった。構えも高い。スキだらけのように見えたけれど、それも誘っているのかもしれなかった。

「行きますよ」

ぼくは声をかけた。どう反応してくるか見たかったのだ。いつでもどうぞ、と神田さんが答えた。

「さっさとしようぜ、さっさとよ」

ぼくは前に一歩進んだ。ドリブル。神田さんは動かない。圧力をかけてくるつもりはないようだった。

ぼくは右方向へ足を踏み出した。フェイントだ。合わせて動いてくれれば左から切り込んでいって、そのままシュートするつもりだった。

神田さんは動かなかった。フェイントだと見切っているようだった。それならそれでいい。ぼくは意識を切り替えた。それならこのまま強行突破だ。右サイドからカットインして、シュートしてやる。

神田さんが腰を低く落とした。そのまま右側へ重心を移したのがわかった。今だ、チャンスだ。ぼくは思い切り強く床を蹴《け》った。右へ飛び出す。コースは開いていた。

神田さんの左側を抜いて、ゴールへ向けてジャンプした。シュート。ボールが教科書にあるような軌道を描いてゴールに飛び込んでいった。やった。入ったぞ。

「ゴール斉藤」

村内さんが言った。神田さんが舌を出した。どうだ、見たか。タイミングさえ合えば、ぼくだってゴールを決められるのだ。

「神田」

小野さんが立ち上がった。二年生が一斉《いっせい》に唸《うな》り声を上げた。

「神田、遊ぶな。マジメにやれよ」

「はいはい」

神田さんが笑顔で言った。

「時間がないんだ。昼休みが終わっちまうぞ」

小野さんが腕を組んだ。わかってますよ、と神田さんがうなずいた。

「見たかったんだよ、一年のプレイを」

どういう意味だ。わざとコースを開けたということなのか。

「もういいだろ」小野さんが言った。「終わらせろ」

「へいへい」

神田さんが肩をすくめた。どうやらそういうことらしい。顔が熱くなった。

「神田ツーワン斉藤、ＯＫ？」

村内さんがボールを神田さんに渡した。いいよ、と神田さんがそのまま返した。

「一年生ボールで始めようぜ」

「いいのか」

「それくらいハンデやらないと面白くないだろ？」

「じゃあ、斉藤ボールで始めよう」

村内さんが言った。上等だ。ぼくボールで始めようじゃないか。

「斉藤」

村内さんがボールを放った。ぼくはそれを受け取った。

「よし、じゃあ始めよう」

「神田」小野さんが座った。「何度も同じこと言わせるな。さっさと終わらせろ」

「へいへい」

神田さんが両手を上にやった。いつでも来いのポーズだ。ぼくはボールをドリブルしながら、どうするべきか考えた。

神田さんは仕掛けてはこないだろう。二年生というプライドもある。こっちの攻撃をすべて受けて、その上で叩きつぶす。そういうつもりでいるのは間違いない。

今は一点差でぼくが負けている。状況は不利だ。だがここで同点に追いつけば、神田さんも焦るはずだ。焦りは判断ミスを呼ぶ。同点にすれば勝ち目はあるのだ。

ぼくはじっと神田さんを見つめた。左足が少しだけ動いている。左側から来ると考えているのだろう。今まで、確かにぼくは右からの攻撃を基本としていた。次もそう来るだろうと考えているのは当然だ。

だったら、とぼくは考えた。右から行くと見せかけて、左に踏み込もう。確かに右利きのぼくにとって、左サイドからのシュートは難しい。だけど、とにかく抜けなければ話にならない。

左のディフェンスが甘いのならそこから入る。そして体の向きを変えてジャンプシュートだ。かなり不安定な体勢だけれど、無理はぼくの得意分野だ。無理なところからシュートを狙うのは、ぼくの必殺技だった。

そこまでの考えをまとめるのに、一秒とかからなかった。ぼくは右へ二歩進んだ。必然的に神田さんがそっちをケアする。

（今だ）

ぼくはいきなりコースチェンジをして、ドリブルしながら左へ走った。慌てたように神田さんがステップを踏み直す。

よし大丈夫。ぼくの勝ちだ。ディフェンスを突破した。あとは、シュートを打つだけだ。狙いが簡単だっただけに、ぼくの動きには迷いがなかった。

ぼくはそのまま体を半回転させて、強引に止まった。姿勢をキープして、ジャンプする。シュート。

だが次の瞬間、ボールがはじかれた。ぼくのスピードを上回る速さで前に出てきていた神田さんが、ぼくの手からボールが離れたところを狙って、ボールをはじいたのだった。信じられない動きだった。

コートに転がっているボールを神田さんが押さえた。ドリブル。今度は向こうの番だ。シュートを狙ってくる。ぼくは慌ててディフェンスの構えを取った。

どっちだ。どっちから来る。右か。左か。

ドリブルしてボールを運んできた神田さんがぼくの正面で止まった。目が忙《せわ》しく動いている。何かを狙っているのだ。ぼくは油断なく身構えた。

低い姿勢から神田さんが動いた。右。ぼくは合わせて動いた。更に右。フェイントの可能性は？　ない。絶対勝てると思っているのだ。力ずくで攻めてくるだろう。

ぼくは右手を前に出した。神田さんの左腕とぶつかる。ドリブルが続く。ぼくはボールに触れようとした。その時、神田さんが一歩後ろに引いた。

あとはあっという間だった。ぼくの左側を抜いて、ゴールの下に立つ。ジャンプしてシュート。ゴールにボールを叩き込んだ。速い。

ぱちぱちと拍手が起こった。神田さんが手を振っている。終わったのか。そうだ終わったのだ。

ぼくは座り込んだ。全身が汗で濡《ぬ》れていた。全力でやったのに負けた。それが結果だった。神田さんがぼくの肩を叩いた。

「落ち込むなよ」

「……そんなんじゃないっす」

「落ち込むなって」神田さんが苦笑した。「しょうがねえじゃねえか、二年と一年なんだから」

「はあ」

「中バスと高バスは違うんだよ」

ぼくは何も言わなかった。正確に言えば、言葉がなかったのだ。

「差がつかなかったら、オレの方がショックだって」神田さんが言った。「一年、毎日やってんだ。そりゃ少しはうまくなるよ」

「……はあ」

「神田、戻ってこい」小野さんが近づいてきた。「終わりだ」

「へいへい」

神田さんがチームメイトのもとへと戻っていった。小野さんがぼくの前に立った。

「お前もだ、斉藤。コートの外へ出ろ」

「……はい」

「負けを認めるな？」

「……はい」

「まだやるか？」

ぼくは顔を上げてツルの方を見た。ツルがウォーミングアップをしている。まだ諦《あきら》めたわけじゃないらしい。

「……やります」

「結果は見えてるぞ」

「ツルなら、何とかしてくれます。あいつはぼくよりうまい」

「じゃあ、しょうがねえな」小野さんが手を叩いた。「さっき言ったこと忘れんな。お前らが負けたら、お前らには退部届を出してもらう。いいな」

「……はい」

「よし。じゃあそこの一年……何つったっけな」

「鶴田です」

「よし、鶴田、来い」

小野さんが手招きした。ツルが近づいてきた。ほとんど無表情だった。

「見ての通りだ。ワンオンワンで勝負しよう」

小野さんが言った。ツルがうなずいた。

「オレは神田とは違う。遊んだりしてるヒマはないんだ」

「はい」

「さっさと始めて、さっさと終わろう」

相変わらずツルは無表情だった。小野さんが横を向いた。

「村内」

「はーい」

村内さんがボールを持ってやってきた。小野さんがそのボールをツルに渡した。

「お前ボールからでいい。一応こっちも二年生だ。それぐらいのことはしてやらないとな」

ありがとうございます、とツルがつぶやいた。では位置について、と村内さんが言った。

「ツル」ぼくは声をかけた。「当たりが強いぞ。当たり負けすんな」

わかってる、とツルがうなずいた。

「斉藤、コートの外に出ろ」小野さんが言った。「もうお前の出番は終わりだ」

「はい」

ぼくはコートの外に出た。ツルが感触を確かめるようにボールを床にバウンドさせていた。

「二人ともいいか？」村内さんが左右を見た。「始めるぞ」

「オーケイ」

「はい」

二つの返事が重なった。始め、と村内さんが言った。

3

決着はあっという間についた。小野さんのストレート勝ちだった。全部同じ展開だった。

ツルのシュートコースを塞《ふさ》ぎ、どうしようもなくなったところで無理やりシュートを打たせて、そのリバウンドを取る。

そしてあっさりとツルを抜き去り、シュート。あまりにも一方的な勝負だった。

ツルってこんなに弱かったんだ、と思うようなゲームだった。

「ゲームセット。小野スリーゼロ鶴田。ＯＫ？」

村内さんが宣告した。ツルががっくりと肩を落とした。

「まあ、そういうわけだ」小野さんが言った。「お前らの負けだ。わかったな」

ぼくはツルのもとへ駆け寄った。ツルの体が震《ふる》えていた。悔《くや》しいのだ。

「わかったら、最初の約束通り退部届を提出しろ。本仮屋《もとかりや》に出せばいい。あとはどこかの部を紹介してくれるだろう。まあ、今回のことは気にすんな。オレたちもちょっとムキになりすぎたかもしれない。大人げなかった」

小野さんがちょっとだけ頭を下げた。それが少しぼくのカンにさわった。いくら二年生とはいえ、上から目線にもほどがあると思ったのだ。

「辞めませんよ」

ぼくは言った。何だ、と小野さんが目をむいた。

「確かに、ワンオンワンは負けました。でもそれが何だっていうんですか。ワンオンワンはワンオンワンにすぎません。こんなのバスケじゃない」

「何だと？」

「ワンオンワンに負けたくらいじゃ、諦め切れないって言ってるんです」

「約束が違う」

小野さんが押し殺した声で言った。わかってます、とぼくは返事した。

「そんなことはわかってます。だけど、ワンオンワンはバスケじゃない。それは小野さんだってわかってるでしょ」

「そうかな。オレはワンオンワンも立派なバスケだと思うがな」

小野さんが腰の辺りに手を置いた。確かにそうかもしれない。だけど、ここでそれを認めるわけにはいかなかった。諦められない。ぼくはバスケをやるためにこの学校に来たのだ。

「ワンオンワンで負けたぐらいで、退部届出せなんてひどすぎます」

「だって約束したじゃないか」

小野さんが言った。約束なんてしただろうか。都合の悪いことはすべて忘れる。それもジュンペー流だった。

「とにかく、こんなんじゃ諦め切れない。諦められないんです」

小野さんが何か言おうとした。その前に村内さんが立った。

「お前ら、何が言いたいんだ？」

村内、と小野さんが舌打ちをした。それを訊くのは自分の役目だろうと言いたいようだった。村内さんが素直に横にどいた。

「何をしたいんだ？」

「試合です」ぼくは言った。「正式な、バスケットボールの試合がしたいんです」

「おいおい」小野さんが苦笑した「何なんだよ、それは」

「お前、それは無理なんじゃないの？」神田さんがコートに入ってきた。「だいたい、お前ら二人しかいないじゃない。バスケのルール知ってるか？　チームは五人だぞ」

「わかってますよ、そんなの」

素人《しろうと》扱いするな。というか、素人でもそれぐらい知ってるっての。バスケは五人、バレーは六人、野球は九人、サッカーは十一人。

「じゃあ試合にならないじゃねえか」

神田さんが乾いた笑い声を上げた。五対二じゃな、と小野さんが肩をすくめた。

「話にならんね」

「メンバーは集めます。集まったら、五対五で試合してください。それで負けたら今度こそ諦めます。マジで退部届出します」

「お前な、メンバー集めるっつったって、どうやって集めるんだよ。もう五月だぞ。気の利いた奴はとっくに部活始めてるよ」

どうすんだ、ジュンペー、とツルが小声で言った。任しとけ、とぼくはささやいた。

「まあ見ててください。すぐにでも五人揃《そろ》えますから」

「ただ集めたってしょうがない」小野さんが不快そうな顔になった。「今のワンオンワンでオレたちのテクニックはわかっただろう。オレたちは一年間みっちり練習してきた。チームになればもっと強い。お前が集めてくるような即席のポンコツチームに何ができる?」

「ポンコツかどうかは集めてみなけりゃわからないじゃないですか」

ぼくは言い返した。その時、チャイムが鳴った。予鈴だ。午後の授業が始まる。

「試合をしてください。ぼくの集めたチームと、バスケの試合をしてください」

ぼくは叫んだ。ツルも頭を下げた。どうする? と小野さんが振り向いた。

「どうするもこうするも、もう時間だよ」神田さんが言った。「早く戻ろうぜ。汗かいちまった。着替えたいんだ」

「時間の問題じゃないでしょう」ぼくは言った。「試合をしてください。それでぼくたちが勝ったら、部員として認めてください」

「負けたら?」

「部を辞めます」

「絶対か?」

「今度は絶対です」

小野さんが腕を組んだ。二年生たちが何かひそひそ話している。どうする、というふうに小野さんがそっちの方を向いた。

「小野に任せるよ」

誰かが言った。そうだそうだ、とみんながうなずいた。

「よし、わかった」小野さんが言った。「試合をしてやる。メンバーが集まったらだけどな」

「集めてみせます」

ぼくは言った。どうかな、と小野さんが言った。

「もうゴールデンウィークも明けた。そんなに簡単にいくかな」

「探します。何としてでも、揃えてみせます」

「まあ、好きにしろ。ところでいつやる？　期限を決めないとな」

いつ。ぼくは考えた。メンバーを集めるのに一週間。それから猛特訓して三ヶ月。八月の終わりには何とかなるだろう。

「メンバー、集まるかな」

ツルがささやいた。大丈夫だ、とぼくは言った。

「考えがあるんだ」

「考え？」

任しとけ、とぼくは顔を上げた。

「小野さん、八月の終わりでどうですか」

「八月?」

「二学期が始まる前には片をつけたいと思っています」

「なるほどな」

「八月三十一日でどうですか」

しょうがねえな、と小野さんが吐《は》き捨てた。

「もう一回だけつきあってやるか」

「お願いします!」

ぼくとツルは頭を下げた。その代わり、と小野さんが言った。

「お前ら、退部届を書いてこっちに預けろ。八月三十一日の試合でお前らが負けたら、オレがそのまま本仮屋に提出する」

「もしぼくたちが勝ったら?」

「そんなことありえない」

「万が一です」

「その時は退部届を破ってやるよ。練習に参加させてやる」

「絶対ですね」

「約束してやる」

小野、と神田さんが言った。

「もういいだろ。戻ろうぜ。授業が始まっちまう」

そうだな、と小野さんがうなずいた。

「そういうことだ、一年。まあ頑張ってくれ。メンバーが集まらなかったら、それを伝えてくれよ」

「メンバーは集めます」

「好きにしろ。じゃあな」

退部届を忘れるな、と言って小野さんが体育館の出口に向かった。二年生たちがぞろぞろとその後をついていく。ぼくたちも行こう、とツルが言った。

「わかってる」

「授業がある」

ぼくたちは並んで走り出した。ツルが首だけをこっちに向けた。

「九死に一生だったな」

「ああ。何とかギリギリセーフって感じだ」

「だけど、メンバー集めってどうするつもりなんだ？」

「ちゃんと考えてる」ぼくはこめかみを指で叩いた。「万事オーケーさ」

「どうかな。ジュンペーはテキトーだからな」

うるさい、とぼくは言った。それにしても、とツルが口を開いた。

「二年生、強かったな」

「ああ」

「ワンオンワンであんなに差がつくなんて思ってもみなかった」

「高校バスケは違うってことさ」

慣れれば何とでもなる、とぼくは言った。その後は無言でぼくたちは走った。マジで授業に遅れそうだからだった。ヤバイっての。

4

ぼくには勝算があった。バスケのメンバー集めについてだ。

豊崎《とよさき》をはじめとして、五人のメンバーは嫌気がさしてそれぞれ消えていったけれど、あいつらに声をかければすぐ戻ってくる、と思っていたのだ。

みんな、バスケが好きだった。聞けば、中学時代にバスケットボール部に入っていて、それぞれ中心メンバーとして活躍していたという。

高校でもバスケをやっていこう、そう思っていた連中だ。その心は変わらないだろうとぼくは考えていた。

確かに、あれだけあからさまに無視されて、それでも部活を続けていこうというのは無理な話だったかもしれない。ぽつりぽつりとみんなが辞《や》めていったのは仕方のない話だ。

だけど、事態が変わった。二年生が試合に応じてくれたのだ。今までは目標がなかったけれど、これからはそれがある。人間は目標があってこそ初めて頑張れる生き物だ。

試合に勝てば、正式なバスケ部の部員となれる。今までと違って、ちゃんと部員扱いしてもらえる。もちろん練習にも参加できる。そうなれば今とは全然違う。

ぼくは授業に出ながら、辞めてった元メンバーたちにメールを送った。その辺がバカ王のいいところで、うるさくしていなければ先生たちはぼくのことを放っておいてくれるのだった。

授業は本仮屋センセーの英語だった。センセーがメールを打っているぼくを見て、しょうがないわね、と諦めたような表情になった。

ぼくはバスケ部の事情が変わったので、とにかく話がしたいとみんなにメールを送った。返事があったのは豊崎と大倉だけだった。他の連中は一応授業中なので、返事を出してる場合ではないのだろう。

まあいい。五時限目と六時限目の間の休み時間に、ぼくとツルは豊崎と大倉に会うことになった。授業が終わるやいなや、ぼくは教室を飛び出した。休み時間は十分しかない。その間に説明をして同意を取り付けなければならなかった。忙しいことだ。

待ち合わせした購買部の前に行くと、もう豊崎と大倉が待っていた。いい傾向だ。

「よう、どうした」

豊崎が言った。どうもこうもない、とぼくは口を開いた。そこへツルがやってきた。ぼくは今日あったことをひと通り話した。

「へえ、そうなんだ」大倉が首を傾《かし》げた。「ワンオンワンやったんだ」

「ま、二人とも負けたんだけどな」

ぼくは首をすくめた。ツルがちょっと照れたように笑った。

「それで？　どうなったんだ？」

豊崎が訊いた。ぼくは事情を話した。一年生チームと二年生チームで退部を賭《か》けて試合をやることについてだ。

「よく二年が受けたな」

「そこは交渉力さ」

ふうん、と豊崎と大倉が見合った。それでさ、とぼくは言った。

「とにかくこっちは今のところツルとぼくしかいない。何でもいいからメンバーを集めなきゃならないんだ」

「それでおれたちを呼んだのか」

大倉が言った。そうだ、とぼくは答えた。

「とにかく今までとは違う。勝てば部員として認められるんだ。もちろん無視だってなくなる。お前らだってバスケやりたいだろ？」

「……やりたいけど、なあ」豊崎が大倉を見た。「どうする、おい」

「どうする、って言われたって」

何だよ、とぼくは言った。

「チャンスなんだぞ。バスケを高校でやれるチャンスが来たんじゃねーか。確かに二年生は強い。それは今日実際やってみてよくわかった。だけど、たかだか一年の差だ。そんなのいくらでも埋められる」

「そんなこと言ってるんじゃないんだよ」

豊崎がうるさそうに首を振った。じゃあ何だよ、とぼくは訊いた。それはさ、と豊崎が口を開いた。

「知ってるだろ？　おれ、もうバレー部に入ったんだよ」

確かに。ぼくとツルはバレー部員になった豊崎と話していた。

「わかってるよ、そんなの」

「一回入った以上、そう簡単には辞められないよ」

豊崎が言った。だけど、とぼくは口を尖《とが》らせた。

「バレーやりたいんじゃないんだろ？　本心はバスケだろ？」

「そりゃそうだけど……やっぱりバスケ部入っても仕方ないと思ったんだよね」

「どういうことだよ」

「バスケ部、一年間対外試合禁止だろ？　そんな部活入っても、先が見えないじゃないの」

「そりゃそうだけど……」

ぼくは何も言えなくなった。そりゃそういう考えもあるだろうと思ったのだ。

「おれ、ゴルフ部入ったんだよ」

いきなり大倉が言った。ゴルフ部？　国分にはそんな部活まであるのか？

「先輩からクラブセット譲ってもらってさ。かなり安くしてもらったんだけど、それでもそこそこ高いんだよ」

「うん」

「母ちゃんに金借りて払ったんだけどさ。そんなの買っちゃったら、辞めるに辞められないだろ」

マジでか。バスケに燃えてたのはウソだったのか？

「そうじゃねえよ。中学でバスケやって、高校でもやれると思ってた。その気持ちにウソはない。だけどな、実際に入ってみたらとんでもないことになってて、どうしようもない扱い受けてさ、それで続けろって言われても……なあ」

豊崎と大倉が目を見交わした。とにかく、ちょっと考えてくれよ、とぼくは言った。

「今からでも間に合う、バスケやるチャンスだぞ」

「……正直、おれ、乗れないわ」

豊崎が低い声で言った。大倉がうなずいた。待ってくれ待ってくれ。マジで？　マジでそうなの？

どうやらぼくの考えは根本的に甘かったようだ。二人が、ごめんな、と言いながら時計を見た。

「ヤバイ。六時限目が始まる」

戻ろう、とツルがぼくに言った。ウソだろ、もうちょっと説明させてくれよ。だけどツルは首を振るばかりだった。二人が足早に立ち去っていった。

（マジかよ）

ぼくは呆然《ぼうぜん》とその場に立ち尽くした。できることは何もなかった。

メンバーが足りないんですけど……どうする？

1

困った。猛烈に困った。

まさか断られるとは思っていなかったのだ。〈ジュンペーは読みが甘い〉とツルから授業中にメールがあったけど、どうやらそういうことらしい。

だけどでもしかし。みんな、そんなに切り替えが早いのか？　お前らにとってバスケってそんな程度のものなのか？

ぼくは、残った森本と高野と坂田にメールを送り続けた。放課後なら少し時間があるという返事が森本と高野から来た。そりゃ好都合だ。ぼくは二人と学食で待ち合わせることにした。

授業は勝手に進んでいる。まあそんなことはどうでもいい。いや、本当はどうでもよくないのだが、今のぼくには授業にかまってるヒマはなかった。

森本も、高野も、まさか豊崎《とよさき》や大倉みたいに別の部活に入ったとかそんなことはないだろうな。ぼくはメールでその質問をぶつけてみた。何か別のクラブに入ったとか、まさかそんなことはないよね？　だよね？

でも、そのメールに返事はなかった。授業中だからしょうがない、とぼくは無理やり自分を納得させた。気にしすぎだ。考えすぎだってジュンペー。

大丈夫だ。あの二人がバスケ部に戻ると言ってくれれば、とりあえず四人になる。もう一人、返事をさっぱりよこさないが坂田もいる。五人揃《そろ》えばチームになれる。バスケットは五人でやるスポーツなのだ。

〈頼むよ、おい〉

ぼくはツルにメールを送った。今のこの気分を共有してほしかったのだ。〈どうだろうね〉それがツルの送ってきたメールの書き出しだった。〈正直言って、あんまり期待しない方がいいと思うよ〉

どういう意味だ。あの二人もバスケを諦《あきら》めているということか？

〈まあ、諦めたかどうかは別として〉

ツルからすぐ返事があった。どうやらバカは伝染するらしい。授業中にもかかわらずメールを打ってくるとは、ツルもぼくと同じような心理状態になっているものと思われた。

〈条件が悪いのは、事実だ。試合ができないってのはちょっとキビシイよ〉

そりゃそうだ。でも、一年待つだけの話だぞ。

〈それが待てない奴もいるんだよ。ボクだって気持ちはわかる〉

おいおい待ってくれ。ツル、お前までぼくを裏切る気か？

〈まあ、流れだからね。とりあえずはジュンペーにつきあうけど、メンバーが集まんなかったら素直に諦めるよ。無理に続けようとは思わない〉

ツルまでそんなことを言うとは思わなかった。最悪の場合、二年生と試合をするどころか、その前にゲームが成立しない可能性まで出てきた。待てよ、とメールを打とうとしたら、目の前に先生が立っていた。

「ジュンペー。お前に期待はしていない」その先生が口を開いた。「だけどな、他の生徒の邪魔はするな。さっきからカチャカチャうるさいんだよ」

「……すいません」

ぼくは謝った。次はないぞ、と先生が言った。

「次はケータイを没収する。ここはそういう学校だ」

先生が去っていった。迫力のある人だ。ぼくは教科書を開いた。

2

　チャイムが鳴ったのだ。授業が終わったのだ。ぼくは挨拶《あいさつ》もそこそこに教室を飛び出した。目指してるのは学食だった。途中、ツルと一緒になった。ぼくたちは先を争うように走った。

「まだ来てないみたいだね」

　学食の入口で立ち止まったツルが言った。そのようだ、とぼくも横に並んだ。

「まあそんなに緊張するなよ」ツルが笑った。「とにかく来るって言ってるんだ。話を聞く気はあるってことだろ」

「話を聞くだけじゃ困るんだ。バスケをもう一回やりたいってことにならないと」

　ぼくは腕を組んだ。難しいところだね、とツルがまた笑った。

「何を笑ってんだよ」

「いや、ジュンペーっておかしな奴だと思ってさ」

「何がだよ」

「ボクたち、国分《こくぶ》に入ったんだぜ」

「そうだよ」

「ここは名門校だ。いろいろやることもあるし、できる可能性もある」

「そうだな」

「だけど、ジュンペーはバスケにこだわってる。入ったって一年間対外試合禁止の部活だ。それがおかしくてさ」

なるほど。言いたいことはわかった。でも仕方ない。ぼくにはバスケしかないのだ。

人にはそれぞれ得意不得意がある、というのは国分学園の教えだ。生徒はその得意なところを伸ばすべきだというのが国分精神と言われている。そして、ぼくもその通りだと思う。

ぼくはバスケが得意なのだ。それを生かしていくことは学校の教育方針に沿うことになるはずだ。

「笑いたければ笑ってろよ」

「まあ、つきあってるボクもボクなんだけどね」ツルが言った。「ジュンペーにはそれなりにリーダーシップがあるっていうことかな」

「それなりとか言うな」

「悪い悪い」

ぼくたちはそんなジャブみたいな会話を交わしていた。森本と高野が現れたのはそのすぐ後だった。

「よお」

森本が声をかけてきた。おす、と高野がうなずいた。ぼくらはその二人の姿を見て、天を仰《あお》いだ。二人とも野球のユニフォームを着ていた。それだけではない。頭をきれいに坊主《ぼうず》刈りにしていた。

「久しぶりじゃん」

森本が言った。待ってくれ、待ってくれ、それはいったい何なんだ。

「おれたち、野球部に入ったんだ」

高野が言った。何だそりゃ。

「いつから？」

ツルが訊《き》いた。先週から、と高野が答えた。

「けっこう厳しくってさ。とりあえず頭、丸められちゃって」

二年生にやられたんだ、と森本が苦笑した。

「……そりゃ、お前ら……」ぼくは言った。「……それでいいのか？」

「抵抗はあったよ。だけど、一年生は全員坊主だっていうんだから、仕方がない。それが伝統だって言われりゃ、どうしようもないよ」

「だけど、いきなり坊主って」

「さっぱりしてていいもんだぜ。頭洗う時間もすげえ短くなったし」

いや、そんなことは訊いてない。ていうか、見ればわかる。

「そんなことよりジュンペー、用事って何だよ」

森本が言った。そうそう、と高野がうなずいた。

「おれら、練習があるんだよ。話をさっさとしてくれ」

ええと、とぼくは話し始めた。二年生とワンオンワンの勝負をしたこと、あっさりそれに負けたこと、悔《くや》しさのあまり、チームを作るから五対五で勝負しましょうと言ったこと、そのためにメンバーを集めなければならないこと。

「おれを誘ってるなら、それは無理だぜ」森本があっさりと言った。「もうおれは野球部員なんだ」

「そういうこと」高野が首を振った。「目指すは甲子園だ」

「お前ら『ダイヤのA《エース》』読んだんだろう」

ツルが言った。そんなんじゃない、と森本が口元を歪《ゆが》めた。

「まあそんなことはどうでもいいんだけど、お前らって野球経験あったのか?」

ぼくは訊いた。まあな、と高野が小さな声で答えた。

「体育の時間とかさ。遊び程度にはな」

「そんなもん、ほとんどないのと同じだろうが」

「まあそういうことになるのかなあ」

「そーゆーことになるのかなあじゃねえぞ。いきなり高校から始めてうまくいくはずないだろうが」

国分学園は野球部が強いことでも有名だ。甲子園の常連校と言ってもいい。そんなところにほとんど未経験の二人が入っても何の意味もないだろうとぼくは言った。

「そんなんだったら、一緒にバスケやろうぜ」

ツルが言った。いやあ、と森本が肩をすくめた。

「あのバスケ部はいるだけ無駄だよ」

「そんなことないよ」

「いや、そんなことあるね」高野が口を開いた。「あんな扱いじゃさ、やる気になんないって」

「だから、それを変えるためにジュンペーが挑戦状を叩《たた》きつけてくれたんだよ」

ツルが言った。

「チームを作って、二年生とゲームをやって、それで勝てば」

「可能性の話だったら何でもできる」高野が言った。「おれたちだって野球部のレギュラーになれるかもしれない」

「とにかく、あんなバスケ部は嫌なんだ。あの雰囲気がな。おまけに一年間対外試合は禁止だろ？　そんな部活やりたくないって」

森本が目をつぶった。ぼくは何か言おうと思ったけど、うまく言葉が出てこなかった。

「じゃあ、無理なのか」

ツルが言った。無理だね、と二人が揃って首を横に振った。

「お前たちがバスケをやりたいっていうのはいいさ。別に止めはしない。だけど、それにおれたちを巻き込むことは止《や》めてくれ。おれらはもう二度とバスケ部には触れたくない。そういうことだ」

高野がちょっと強い口調で言った。その肩を森本がそっと叩いた。

「進む道は自由ってことだよ」

森本が微笑《ほほえ》んだ。そうなのか。そういうことなんだろう。

「じゃあ、おれたち練習行くから」

高野が下を向いた。じゃあな、と森本が言った。

「ホントにいいのか？　バスケに未練はないのか？」

ぼくは叫んだ。ツルが首を振った。

「ジュンペー、止めとけ」

確かに、ツルの言う通りだった。心がここにない者を引き留めておくことはできない。それが彼らの選んだ道なのだ。

「頑張ってこい」

ツルが言った。ああ、と二人が返事をした。

「お前らも頑張れよ」

うん、とツルがうなずいた。悪いな、と言いながら二人が足早に去っていった。

「さて、また二人に戻った」ツルがぼくの方を見た。「どうするかな」

「諦めないぞ、ぼくは」

わかってる、とツルがうなずいた。ぼくは諦めないぞ、ともう一度つぶやいた。

3

坂田からメールが届いたのは、その日の夜のことだった。

〈用件は何だ〉

文章はそれだけだった。そっけないとしか言いようがない。メールで事情を話してもよかったのだが、あまりにも事態が複雑なので、長文になってしまうだろう。正直、それは面倒くさかった。

とにかく明日、会って話したいんだ、とメールを送ると、じゃ昼に学食で会おうという返事が大分遅れてやってきた。まあ、いいところだろう。ぼくはツルにメールをして、結果を報告した。折り返しすぐにツルから電話があった。

「どうなの、坂田は」

ツルが言った。わからん、とぼくは答えた。

「メールじゃそこまで突っ込めないよ」

「何か他の部活やってるとか、そんなことはないんだろうな」

「それもわからない。訊いてみようかと思ったんだけど……」

「だけど？」

「怖《こわ》くて訊けない」

「何を言ってるんだ、ジュンペー」ツルがぼやいた。「一番大事なことじゃないか」

わかってる、とぼくはうなずいた。

「だけどさあ、またよその部活やってるとか言われたら、相当へこむぜ」

「まあ、気持ちはわかるよ」

「ツル、お前どう思う？　坂田は何かどっかに入ったかな」

「国分だからな」ツルが言った。「生徒は何かしらの部活に参加していなければならない。それがルールだ」

「ということは？」

「何かやってる可能性が高いということだ。文化系の部活だったらいいんだけど」

国分学園では、体育会系同士の兼部は禁止されている。文化系同士もダメだ。だけど、どういうわけか体育会系と文化系の部活の兼部は認められている。学校もそれを勧めてるほどだ。どんだけ欲張りなんだ、国分学園は。

「いや、その可能性は薄いな」ぼくは坂田の猿みたいな顔を思い出した。「あいつは文化系の顔じゃないよ。体育会系の顔だ」

「それは認めるなあ」

ツルが笑った。釣られてぼくも笑ってしまった。

「まあ、どっちにしても明日会えばすべてがはっきりするさ」

そうだね、とぼくは言った。坂田はぼくの話を聞き入れてくれるだろうか。そりゃあわからない、とツルが無表情な声で言った。

「それを確かめるために会うんじゃないか」

「お前はどうしてそこまで冷静なんだ？」

「ジュンペーが熱くなりすぎてんだよ」

「そうかなあ」

「とにかく明日だ。じゃあな」

「うん」

ツルが電話を切った。大人だなあとぼくは思った。正式にバスケ部に入れてぼくたちの代になったら、ツルをキャプテンに推《お》そうと改めて心に決めて、ぼくは寝るための準備を始めた。

4

翌日の昼休み、ぼくは学食に向かった。入口のところに、ツルが立っていた。

「早いな」

「まあね」

ぼくたちの会話はそれだけだった。あとは坂田を待つだけだ。十分ほど待つと、独特の猿顔が現れた。坂田だった。

「よお」

「久しぶりやな」

坂田が微笑んだ。飯《めし》食ったのかと訊くと、まだだと言う。それでぼくらは学食に入り、それぞれにカレーやうどんを注文した。学食は安くて早いのが売りだ。ぼくたちは席を取り、そこに座った。

「元気か」

ぼくはうどんを一本すすりながら訊いた。おかげさんでな、と坂田がうなずいた。

「そりゃよかった」

「どないやねん、バスケ部の方は」

　うん、とぼくはうどんをすすった。

「まあ、今日はその話をしたいわけなんだけど」

「前置きはいいから、さっさと話してくれ」

　坂田がカレー皿にスプーンを突っ込んだ。まるでチンパンジーが初めて道具を使う時のような動きだった。

「お前らがぽつぽつ抜けていっただろ？」ぼくは話し始めた。「それでも、諦められないからさ、ぼくとツルは残っていたんだよ」

「そうなんか」

「ああ。だけど扱いは全然変わんなくて、相変わらず見学者のままだった」

「うん」

「それでな、ちょっとフラストレーションが溜《た》まっていたせいもあって、ちょっとな」

「ちょっと、何やねん」

「勝負してくれって訴えたんだ。勝負に勝てたら、部活に参加できるようにしてくれって」

　へえ、と坂田がスプーンの裏表をなめた。

「それで？」

「勝負つったってさ、こっちは二人しかいないだろ。だから試合はできない。それでワンオンワンやろうって話になって」

「やったんか」

「ああ。ぼくは神田さんとやって、ツルはキャプテンとやった」

「どうなったんや……いや、聞くまでもないか」

「まあな」

「勝ってたら、オレのことなんか呼ばんもんな」

「そういうこと」

「大差で負けた？」

「ぼくは三対一、ツルはストレートで負けた」

「話はついたというわけやな」

「いや、まだ先がある」ぼくは言った。「ワンオンワンはあくまでもワンオンワンだ。バスケとは言えない。少なくともバスケの試合ではない」

「苦しいな」

「言い訳じゃない。ワンオンワンなんて、一種の遊びだろ？　坂田だったらどう思う？」

「言わんとすることはわかるで。ワンオンワンには負けた。でもちょっと違う。そういうことやろ」

そうなんだ、とぼくはうなずいた。

「だから試合やってくれって言ったんだ。最後のチャンスをくれと。メンバー集めるから正式な試合をやってくれって」

「二年生、受けたんか」

「渋々だけどね。とにかくメンバーを揃える方が先だろって。そしたら試合をやってもいいって。ただし、今度は退部を賭《か》けろって」

「負けたら退部か」

「そういうこと。それでメンバーを探してるんだ。坂田、一緒にやってくれないか」

ぼくは単刀直入に言った。ふん、と坂田が顔をツルに向けた。

「ツルはどない思うてるんや？」

「ジュンペーと同じだよ」ツルが言った。「ワンオンワンでは負けた。それは認める。だけど、試合だったらわからない」

「そうかなあ。試合でも負けると思うがなあ」

「そこは特訓してさ」ぼくは言った。「必死でやれば何とかなるんじゃないかと」

「まだ二人しかいないのに？」

「お前が入れば、三人になる」

「一人増えただけやないか……それで、試合ってのはいつやるんや」

「八月三十一日。夏休みの最後の日さ」

「そんなお前、あと三ヶ月と少しやないか」

「しょうがない。勢いで決まっちゃったんだ」

「ジュンペーはホンマ勢いだけやな」

坂田が呆《あき》れたように言った。確かにぼくにはそういうところがある。後先のことなど何も考えず、とにかく突っ走ってしまうようなところだ。でもしょうがない。それがぼくのキャラなのだから。

「結局、坂田は部活の方はどうしたの？」

ツルが訊いた。それなんやけどな、坂田が口を開いた。

「フェンシング部に入ったろ思うてんねん」

「フェンシング部？」

ぼくとツルの声が重なった。フェンシング部。そんな部まであるのか。国分学園、おそるべし。

「何でフェンシング部なんだ？」

ぼくは訊いた。あのな、と坂田が口を開いた。

「中学で三年間バスケやっててな、高校でもバスケやれたらええなあと思ってた。国分受けたら、何とか合格した。それで大阪から一人で上京して、希望に満ちた新生活というわけや」

坂田が関西出身だというのは、前に聞いていた。国分学園ではそういう生徒も珍しくない。

「それで、バスケ部に入ろうとした。せやけど、あんなんやからな。もうこれは無理や思った。フェンシングやろう思うたんは、どうせならやったことのないものにチャレンジしようと思ったからや」

「……もう入部届出したのか？」

「ここにある」坂田が尻のポケットを叩いた。「今日にも、出しに行こう思うてたんや」

「そうなのか」

「せやけど、お前らの気持ちもわかる。なるほどな、試合で白黒はっきりつけようってか」

「ああ」

「よっしゃわかった。フェンシングは止める」

坂田が指を鳴らした。マジでか、とぼくは言った。

「マジや」

坂田が尻ポケットから一枚の紙を抜き出して、それを二つに破った。おお、何だかカッコイイぞ。

「まあな、別に最初からやりたい思うてるわけやなかったんや」

ちょっと好奇心みたいなもので、と坂田が破った紙をテーブルに置いた。ぼくは坂田の手を握った。

「ありがとう。これで三人だ」

「そうやな」坂田が手を離した。「そやけど、まだ三人や。チームにはなれん」

「最低でもあと二人は集めなきゃならない」ツルが言った。「ジュンペー、何か当てはあんのか?」

正直、何もなかった。でもどうにかするしかない。頑張ろうぜ、とぼくは言った。

5

茶道部に百九十センチ級の大男がいる、という情報を持ってきたのはモンキー坂田だった。

「茶道部?」

「そんなデカイのか？」

ぼくとツルは同時に質問した。茶道部や、とモンキー坂田が言った。

「間違いない」

「一年なのか」

「そうや」

放課後、ぼくたち三人は体育館に集まっていた。

「そんなデカイ奴いたかなあ。いたら、記憶に残ってると思うんだけど」

ツルが言った。確かにその通りだった。

「いや、でもホンマにいるんや」

モンキー坂田が低い声で言った。何だかテレビの特別番組を見ている気分になった。怪奇！　巨人のいる高校に潜入！

「何て名前なんだ？」

「国木田《くにきだ》いうらしい。下の名前は知らん」

国木田。聞いたこともない。そんなにデカイ奴なら、噂《うわさ》ぐらい入ってきそうなものだが。

「いや、でもほんとにいるんやって」

「どこで見たんだ」

「茶道部の部室」

モンキー坂田が言った。どういうことだ、とぼくは訊いた。

「いや、オレ、バスケ部抜けてから、どっか部活入らんとアカン思うてな。いろいろ調べたんや」

「うん」

「バスケ部があれやったろ。あんまり雰囲気よくなかったやんか、せやから、なるべく居心地《いごこち》のいいところを探して回ったんや」

気持ちはわかる。それで、とツルが先を促《うなが》した。

「西門の奥に部室がメッチャ並んでるやろ？　片っぱしからドアを叩いて、見学させてくださいって言ったんや」

「その中に茶道部もあったと」

「そういうこっちゃ。別に茶道部に入りたかったんとちゃうで。偶然ドア叩いてもうたんや」

まあ、そうだろう。坂田に似合わない部活といえば、文化系は全般的にそうだけれど、茶道部なんてその最たるものだ。

「それで？」

「ドアが開いて、見上げるような大男が立っていたんや」

モンキー坂田は百七十センチぐらいある。それが見上げるようなというのだから、確かに百九十センチはあるに違いない。

「話はしたの？」

ツルが訊いた。したした、とモンキー坂田が言った。

「ちょうど部室に、他に誰もいなかったんや。中に呼ばれて、お茶一杯飲まされた」

「へえ」

「ものすごいええ奴でな。ずっと丁寧語《ていねいご》使《つこ》うてんのや。何年生ですか訊いたら、一年やって。そしたらオレと同じやねって言《ゆ》うても、やっぱりずっと丁寧語やねん」

「名前はその時訊いたのか」

「おお。国家の国に木曜日の木、田んぼの田って、宙《ちゅう》に字書いて教えてくれたわ」

「ふん」

「まあ、そん時は適当に様子聞いたりして、帰ったんやけどな」

「バスケ、もう一度やることになって、そういえば、と思い出したわけか」

ぼくは言った。そういうこっちゃ、とモンキー坂田がうなずいた。

「茶道部員なんだよな」

ツルが首を傾《かし》げた。そうや、とモンキー坂田が言った。

「自分でも言うてたで。一年生の男子はぼく一人だけなんですって」

「そうか」

誘ってみるか、とツルが言った。いいかもしんない、とぼくは答えた。

「茶道部だっていうんなら、体育会系の部活との兼部も可能だ」

そうやな、とモンキー坂田が言った。

「今どこにいるんだ？」

ぼくは訊いた。知らんわ、とモンキー坂田が手を振った。

「知るわけないやろが」

それもそうだ。とにかく部室に行ってみようぜ、とツルが言った。

「茶道部の部室行けば、何かわかるだろ」

「そうするか」

ぼくたちは体育館を後にして、茶道部の部室を目指した。

6

学校には正門と西門がある。登校なんかの時は正門を使うが、裏口とも言うべき西門もあるのだ。そして、西門の脇に通称部室村と呼ばれているプレハブの建物があった。

その数、三、四十といったところだろうか。そのほとんどが文化系クラブの部室だった。

「茶道部ってどこだ？」

ツルが言った。どこやったかなあ、とモンキー坂田が首を傾げた。

「あの時はとにかく行きあたりばったりに部室のドアを叩いて回ったから」

「覚えとけよ」

ぼくは部室村の一番手前にある部室の表札を確認した。鉄道研究会、とそこには書いてあった。いかんいかん、こんなところに首を突っ込んだらダメだ。

「しかし、何でこっちに来たんだ？」ツルが訊いた。「ここはほとんどが文化部の部室だよ」

「知らなかったんや」あっさりとモンキー坂田が認めた。「ここが文化部ばっかしやというのは、後で知った」

「なるほど」

間抜けな話だが、モンキーらしいといえば、らしい話だった。

「あったあった」

モンキー坂田が言った。プレハブ小屋の二列目の真ん中辺りだった。

「茶道部って書いてある」

ドアに表札が貼ってあった。確かにここは茶道部の部室だ。

「どうする」

「ノックしてみるしかないんじゃないの」

「誰がノックするんや」

「お前やれよ」ぼくは言った。「お前がここに連れてきたんだろうが」

「連れてきてやっただけありがたいと思えや」モンキー坂田が言った。「他に何の当てもないおのれらのために、ここまで来たんやろうが」

「ああ、もういい。ケンカは止めろ」ツルがぼくとモンキーの間に割って入った。

「ボクが叩くよ」

ツルはいつだって冷静だ。そのままドアの前に立ち、軽く二回叩いた。はい、という女の声がした。

「女だ」

ほんまや、とモンキーが言った。しかし、考えてみれば女の人がいるのは当然だろう。お茶やお花は女性のたしなみだ。

「すみません」

ツルが呼びかけた。はい、という声と同時にドアが開いた。おとなしそうな女の人が出てきた。制服姿だった。

「……何か？」

女の人が言った。ええと、何と言えばいいんだろうな、こんな場合。

「もしかしてドッポくんのお友達？」

女の人が笑った。待て、待ってくれ。ドッポくんって誰？

「ああ、ごめんなさい。あたしたち、国木田くんのこと、ドッポくんって呼んでるの」

国木田。国木田独歩。なるほど。そういうことか。

「まあ、そうです。ドッポくんに会いに来たんです」

ツルが言った。女の人がまた笑った。きれいな笑顔だった。

「ゴメンね、今ちょっとドッポくんはお使いに出てるの」

「お使い？」

「近所のコンビニにお菓子買いに行ってもらってるの」

「そうなんすか」

何となく国木田の扱いがわかったような気がした。要するに、女子部員のパシリをやっているのだろう。

「でも、すぐ帰ってくるはずだから。中で待つ？」

女の人が大きくドアを開いた。中に四、五人の女の人が座っていた。

「いやけっこうです」ぼくは首を振った。「外で待ってます」

「そう？　お茶ぐらい出すけど……」

「いいんです。外で待ちます」

正直言って、ぼくはちょっと怖かった。女だけの集団というものが、ぼくはあまり好きではない。

「そうなの？」女の人が笑った。「まあ、どっちでもいいけど」

外で待ちます、と言ってぼくたちは頭を下げた。ご自由に、と言って女の人がドアを閉めた。

「ドッポかあ」ツルがつぶやいた。「どんな奴なんだろう」

「見ればわかる」モンキーが言った。「国木田は国木田や。他の誰とも違う」

それから十分ほど、ぼくらは言葉少なにドッポを待った。背は高いというが、バスケットの経験はあるのだろうか。だいたい興味があるのか。ぼくらの願いを聞き入れて、バスケ部に入ってくれるのだろうか。

どうなるかは誰にもわからなかった。予想や希望ならいくらでも話せるけど、そんなことをしても無駄なのは最初からわかっていた。だからぼくらはあんまり話そうとしなかったのだ。

「お、来たで」モンキーが西門の方を見た。「あれちゃうか」

ぼくも視線をそっちに向けた。男が一人、コンビニのレジ袋を両手にぶら下げて歩いてくるのが見えた。

「あれか」

「あれや」

間違いない、とモンキーが言った。そうなのだろうか。確かに大柄ではあるが、百九十あるとは思えない。ぼくと同じくらいではないか。

そうこう言ってるうちに、男がぼくらの立っている場所に近づいてきた。近くになってわかったのだが、男は確かに大きかった。ただし、大きく見えない理由があった。ものすごい猫背なのだ。

「……こんにちは」

国木田が体に似合わず細い声で挨拶した。ぼくらも頭を下げた。何だろう、というような顔で通り過ぎていく。その背に向かって、ツルが声をかけた。

「国木田くん」

はい？　と国木田が振り向いた。国木田くんだよね、とツルがもう一度言った。

「そうですけど……」

「一年の鶴田っていうんだ。こっちは斉藤、そして坂田」

「はあ……」

「ちょっと話したいんだけど、いいかな」

「いいですけど……ちょっと待ってもらえますか？」

国木田がレジ袋を少し上に上げた。ぼくらはうなずいた。

「ちょっと……ちょっとすいません」国木田が部室のドアを開けた。「遅くなってすいませーん。買ってきました」

さっきの女の人が飛び出してきて、国木田の手からレジ袋を奪った。

「ドッポくん、お友達が来てるよ」

女の人が言った。はあ、とうなずいた国木田が、ちょっといいですか、と訊いた。オッケーオッケー、と女の人が部室の奥へ引っ込んでいった。

「どうもすみません。お待たせしちゃって」

ドアを閉めた国木田がぼくらに向き直った。百八十近くあるぼくと目の高さが一緒だった。背中を伸ばせば百九十を上回るのは容易に想像できた。

「話って……何ですか？」

「茶道部ってさ、男の部員はいるの？」

ツルが尋ねた。いますよ、と国木田が答えた。

「二年に一人、三年に二人います。もっとも、三年生はめったに出てこないですけど」

「女の園《その》なんだ」

「まあ、そうですね」

「やりづらくない？」

「そうでもないですけど」

「いいよ、ツル」ぼくは話に割り込んだ。「世間話は十分だ。本題に入ろう」

「本題？」

国木田が首を傾げた。国木田くんさ、とぼくは言った。

「ズバッと訊くけど、バスケットボールに興味はない？」

「……バスケですか」

「そう、バスケ」

はあ、と国木田がため息をついた。

「中学時代はバスケ部でした」

なるほど。そうだろうな。この身長だもの、どこの中学か知らないが、バスケ部が放っておくはずもない。

「ポジションは？」

「センターです」

「強かったの？」

「どうですかね……そんなでもなかったです」

「国木田くんさあ、何でそんな丁寧な言葉遣いをするの？　同じ一年なんだぜ。もっとぶっちゃけようよ」

「ああ……すいません……癖なんです」

妙な癖もあったもんだ。まあいい。本題に入ろう。

「結論から言うとさ、ぼくたちスカウトに来たんだ」

「スカウト？」

「バスケ部に入らんかっちゅうこっちゃ」

モンキーが言った。そうそう、とツルがうなずいた。

「バスケ部ヤバイんでしょ？」

「ヤバイ？」

「一年間、対外試合禁止だって聞きました」

意外と詳しいな、コイツ。

「誰に聞いた？」

「担任の先生に。バスケ部入りたいって言ったら、止めといた方がいいって言われて」

おお、とぼくたちは拍手した。バスケ部に入りたいと思っていたのか。

「話を聞いたら、それもそうだなって思って、入部届を出すのを止めたんです」

「何でそっからいきなり茶道部になったの？」

ツルが訊いた。親です、と国木田が言った。

「うちの母親、お茶の先生なんです」

「ふんふん」

「姉がいるんですけど、全然姉はお茶をやる気がなくて」

「なるほど」

「ぼくが跡を継がなきゃならない状況になっちゃってるんです」

そうなのか。よくわからないが、大変なことになってるらしい。

「それで、親ともいろいろ話し合って、とにかくこれ以上大きくなっちゃったらマズイだろうと。お茶の先生には見えなくなるだろうと」

「何センチあるの？」

「百九十五です」

デカッとモンキーが叫んだ。あんまり言うな、かわいそうだ。

「それで、将来的にどうせやるのなら、高校からやっておいた方がいいって。いいのか悪いのかよくわかんないんですけど、茶道部があるっていうのは知ってましたからね。それで茶道部入ったんです」

「女ばっかりの茶道部に？」

「まあ、そういうことです」

「率直《そっちょく》に訊くよ」ぼくは言った。「ぶっちゃけさ、体動かしたくならない？　走ったりとかさあ」

「……そりゃあ、なりますよ。茶道部、ずっと座ってるだけですからね。たまには大きな声も出してみたいというか」

「そうなんだ。ねえ、バスケ部入らない？」

ぼくは状況を説明した。三年生は全員退部、残った二年生と一年生が対立していること、つい先日部活参加を賭けてワンオンワン勝負をやったけど、それに負けたこと、そしてメンバーを集めるから正式に試合をしてくれと申し込んだことなどだ。はあ、とうなずいた国木田がぼくたちを見回した。

「今は、この三人だけなんですか？」

「そうや、三人しかおらん」

モンキーが言った。国木田が笑った。

「たった三人でどうするんですか」

「せやから、お前を誘ってる」モンキーが国木田の肩を叩いた。「お前が入ったら四人や」

「それでも一人足りませんよ?」

「何とかなるがな」

「そういうもんですか」

国木田が口をつぐんだ。考えているのだろう。しきりに頭を動かしている。頼む、とモンキーが頭を下げた。

「止めてください」

「いや、止めん。頼む、バスケ部に入ってくれ」

「頼む」

「お願いだ」

ぼくとツルも頭を下げた。止めてください、と国木田がおろおろした声で言った。

「いや、頼む頼む」

「助けると思って入ってくれ」

「お前しかおらんのや」

ぼくたちはまた頭を思い切り下げた。何なら土下座してもいい。そこまで思っていた。

「わかりましたわかりました」

国木田が言った。ぼくたちは頭を上げた。

「入ってくれるんか」

「兼部でよければ」

「ホントに？」

「ええ」

やっぱり、たまには体動かしたいですから、と国木田が言った。そうかそうか、わかったわかった。体動かす楽しさを思い出してもらおうじゃないの。

「ちょっと、先輩たちに報告してきます」

国木田が茶道部の部室へと入っていった。よっしゃ、とモンキーが叫んだ。

「これで四人や。あと一人や」

そういうことだ。ツルが肩をアメリカ人のようにそびやかした。まだまだこれからだということのようだった。

四人になったのはいいけれど……さてさて？

1

朝、昼とぼくたちは校庭を走ってばかりいた。陸上部でもこんなに走らないだろうと思うぐらい走っていた。

「何でこんなに走るのや」

モンキーが不満そうに言った。それに対してぼくはこう答えた。

「どうやったって、一年生は今四人しかいない。これからも新しい部員を探すつもりだけど、増えても一人がいいところだろう。つまり、五人で試合に臨《のぞ》むしかないってことだ」

「うん」

「てことは、四クオーター出ずっぱりということになる。そのためには今から走り込んでおかないと。要はスタミナだ」

実は、他にも理由はあった。体育館のバスケットボールのコートは、朝、昼休みと二年生が使っている。独占状態だ。まさかそんなところに入っていくわけにはいかないだろう。

二年生はなぜか放課後は練習をしないので、コートは使いたい放題だった。そこでぼくは朝と昼は体力づくりに充《あ》て、放課後は実際にボールを使って練習することに決めたのだった。

その日の昼もぼくたちは走っていた。ツル、モンキー、ドッポ、ぼくの四人だ。一番速いのはモンキーだった。逆に遅いのはドッポだ。百九十五センチの巨体をゆっくりと前に進めていく。まあ、あんなに大きいのだから、多少動きがのろくなるのは仕方ないだろう。

「暑いなあ」

ツルが言った。六月も終わりに近づいていた。梅雨《つゆ》は来るんだか来ないんだか、雨はところどころで降るものの、全体としての雨量は少ないようだった。暑いなあというのは、ぼくたち四人に共通した思いだった。

「シャツがビチョビチョです」

ぼくと並んで走っていたドッポがシャツの腕のところをつかんだ。それはぼくだって同じことだった。

「グダグダ言ってねえで走れっつーの」

「走ってるじゃないですか」

「全力で走れ」

「あーあ、やっぱ茶道部の方が楽しいなあ」

ちょっと待て、とぼくはドッポの腕を取った。

「お前、それだけは言わない約束だろう」

「だって、茶道部だったらこんな汗かかなくていいし」

「兼部は認めてるだろうが」

「そりゃそうですけど」

ドッポは茶道部に籍《せき》を置いたままだ。茶道部の練習日は週に一回、金曜の放課後だけだという。ぼくたちはその練習にドッポが行くのは許している。だけど他の時間はすべて、バスケのために使ってもらうことになっていた。

「でも、昼休みはコミュニケーションの場なんですよね」

「コミュニケーションて何だ」

「部室に集まっていろいろ話とかしたりするんです。まあ、どうでもいいような話ばっかりなんですけど、だからこそ大事っていうか」

「どんな話だ？」

「学校のカッコイイ子のランキングとか、ジャニーズだったら誰がいいとか、そんな話です」

くっだらねえ、とぼくはドッポの肩を強く叩《たた》いた。

「そんな話をしたいのかよ」

「したいわけじゃないですけど、それはそれで心地《ここち》好いというか」

「そんな女みたいな話してて、何が楽しいんだよ」

「女みたいな話じゃないんです。女の人の話なんです」

いや、そりゃそうだろうけど。とにかく走れ、とぼくはドッポの大きい尻を蹴《け》り上げた。

「ほれ、ラスト一周だ。全力ダッシュで走れ」

ドッポがうなずいた。スピードはそれほど遅くなかった。やればできるじゃないの。

2

四人になってありがたいのは、ツーオンツー形式でゲームができるところだった。

放課後、ぼくたちは体育館に集まる。四人揃《そろ》ったところで、グーパーをする。二つに分かれて、チームを作る。あとは試合だ。

朝と昼休みはボールを使った練習はしないので、試合は楽しかった。やっぱりバスケットボールというぐらいで、ボールを使ったゲームこそ面白いのだ。

分かれてみると、それぞれのプレイスタイルは違っていることがわかった。ツルはパスが得意だ。攻める時に、パスを中心にゲームを組み立てる。

それに対してモンキーはドリブルだった。ちょっと無茶でもドリブルで相手の内側に攻め込んでいく。ぼくもどちらかといえばそっちのタイプで、攻める時は攻めに徹するのが好きだった。バスケに限ったことではないのだろうけど、性格がプレイスタイルに表れる。そういうことのようだった。

ドッポはあまり走らない。走るとエネルギーの無駄になることがよくわかっているようだった。常にゴール近くに立ち、パスを待っている。うまくパスが通れば絶対にゴールを決めてみせる。そういうタイプだった。だから、ぼくとモンキーが組み、ツルとドッポが組んで試合をすると、ツルとドッポ組のコンビネーションはよかった。

ぼくとモンキーはただひたすら前進するだけだけど、ツルはドリブルからドッポにパスを回し、またパスをもらい、一歩ずつ確実に前へ進んでいく。そして最後はドッポがシュートを決めるのだった。なかなかいいコンビネーションだと思った。

実際のゲームになれば、ぼくとモンキーが最前線に立ち、ドリブルで相手コート内に強引に入っていくことになるだろう。その間にドッポを前に走らせ、ゴール下に置く。あとはツルがうまくパスを回して、シュートを決めさせてくれるだろう。

「けっこういいチームかもしれない」

ぼくは言った。そうでないと困る。とツルがうなずいた。

「何しろ退部が賭《か》かっている。負けるわけにはいかないんだ」

何を話しとんのや、とモンキーが近寄ってきた。ドッポはゴール下にいた。

「四人のチームワークはいい、という話をしていたんだ」ぼくは言った。「バランスがよく取れてる。そうは思わないか」

「かもしれん」

モンキーがドッポを呼んだ。ちょっと休もうということのようだった。ぼくたちは、それぞれ持ってきていたポカリスエットを喉《のど》に流し込んだ。

「くわー、気持ちええなあ」

「うう一。うますぎる」

マジでポカリがうまかった。全身に染《し》み渡る感覚。別に頼まれたわけではないけれど、ポカリのおいしさについて一時間ぐらいなら語れると思った。

「それで、何やねん」

モンキーが言った。四人のコンビネーションだ、とツルが言った。

「なかなかよくできたチームだと思わないか？」

「せやな。寄せ集めのわりにはバランスが取れてる」

モンキーがまたひと口ポカリを飲んだ。

「ジュンペーとモンキーが走り回ればいい」ツルが言った。「大変だけど、二人なら何とかなるだろう」

「前に出るのは好きさ」

ぼくはうなずいた。ぼくは性格的にもオフェンス向きなのだ。受けに回ると正直もろいのだけど、攻めている時は調子に乗ってどこまでも突っ込んでいける。そういうタイプのプレイヤーなのだ。

「お前だってそうだろ？」

ぼくはモンキーの肩に手を置いた。モンキーはぼく以上に走り回るのが好きだった。ドリブルをして切り込んでいくその姿は、特攻隊を思わせるものがあった。

「せやな。とにかく早く決めたいねん」

モンキーは身長こそないのだけれど、ジャンプシュートを打たせたら、ぼくたちの中でも一番うまいだろう。

「あと、外から打てる奴がいるといいんだけどな」

ツルが言った。確かに、とみんながうなずいた。ぼくたちはどういうわけか揃って遠い距離からのシュートが苦手《にがて》だった。

「スリーポイントが三本に一本でも入るようになったら、これは強いぜ」

確かに、十本のうち三本入るようになったら、ゲームの幅が広がるのはわかり切っていた。だけど、実際には打てるプレイヤーがいない。それも事実だった。

「まあ、練習やな」モンキーが言った。「オレはジュンペーがスリーポイントシューターになったらええと思うんやけどな」

「スリーってのは素質だからな」ツルが首を振った。「ジュンペーが打てるようになるかどうか、それはわからない」

「でも、役割分担的に言《ゆ》うたらそやろ。前に出るスピードはオレの方がジュンペーより速い、パス回しはツルの方がうまい。センターは当然、ドッポや。そしたら、ジュンペーがスリー打つしかないやろ」

「まあ、理屈ではそうなるな」

ツルが言った。わかったよ、とぼくは肩をすくめた。

「練習しますって」

「マジでやるんだぜ」

「やるやる、やります」

とは言ったものの、どうなるかはわからなかった。ツルの言う通り、スリーポイントシューターというのは素質が大きい。持って生まれた何かが、あるかないかで決まってしまうのだ。そしてぼくにその素質があるかないかは、自分でもよくわからなかった。

いや、正直言うとないと思う。あれば、中学時代にその素質が花開いていたはずだからだ。高校生になったからいきなりできるようになりました、というものではないだろう。

「それにしても、まだ四人や。もう一人誰かおらんのか」

モンキーが腕を振り回した。確かに、それは大問題だった。スリーが打てるとか打てないとか言ってる場合ではない。とにかく四人では試合もできないのだ。

「ドッポみたいに文化系の部活をやってる奴の中に、誰かいないのかな。ボク、そっちを探した方が早いと思うよ。体育会系は無理だって」

ツルが言った。みんながドッポを見た。わからないです、とドッポが首を振った。

「茶道部の部室の隣が化学部なんですよ。この前、ちらっと見たんですけど背の高い人はいなかったような……」

化学部。ぼくは白衣を着た男たちの姿を思い浮かべた。ダメだダメだ。そんな奴らにバスケなんて無理だ。

「まあ、とにかく声をかけていこうぜ。身長百八十あったらちょっと呼び止めて、何部に入っているか訊《き》くんだ」

ぼくは言った。そうしよう、とみんながうなずいた。練習再開だ、とツルがボールを手にした。

3

次の日も同じだった。朝と昼休みはずっと走り、放課後はツーオンツーだ。ただ、この日はドッポが遅れていた。茶道部で何かトラブルがあったというメールが来ていた。

さっさと来いとだけメールを打って、ぼくたち三人はコートに集まっていた。何となくだらだらシュート練習をしていたら、いきなり声が降ってきた。

「あ、やってるやってる」

女の声だった。ぼくたちは声の主《ぬし》を見た。ジャージに短パンという色気のないスタイルの女子が三人立っていた。

「一年生なんでしょ？」

三人の中で一番背の高い女の人が言った。百七十五センチはあるだろう。何というか、迫力のある体つきをしていた。

「そうです」

ツルが答えた。女の人たちが何となく笑った。失礼だな。

「噂《うわさ》は聞いてるわよ。二年生、ひどいよね」

そうなんですよ、とは言えなかった。だいたい、この人たち誰なんだ？

「あたしたちはね、女子バスケ部の三年生」デカ女が自己紹介した。「この三月まではうちらの代が仕切ってたってわけ」

「あ、そうなんすか」

どうも、とぼくは頭を下げた。三年生なら先輩だ。頭ぐらい下げておかないとマズイだろう。

「まあ、全部三年男子がバカだからなんだけどね」デカ女が言った。「あいつらが酒なんか飲んで暴れるから、こんなことになっちゃったんだけど」

「詳しいっすね」

「当たり前よ。最初は連帯責任だからって、うちらまで退部させられそうになったんだから」

「同じ三年生だというだけで？」

「そうよ」

どうも国分《こくぶ》学園というのは、極端に走る傾向があるようだった。男子バスケ部が酔って暴れたからといって、同じ三年の女子バスケ部まで処分するというのは、さすがにやりすぎなのではなかろうか。

「そりゃそうでしょう。常識で考えても、何もしてないうちらが何で辞《や》めなきゃならないのかって話になって、何とか処分を免《まぬか》れたんだけどね」

「よかったですねえ」

まあね、とデカ女が笑った。

「そんなことより、あんたたちのことよ。大変なんだって?」

「大変ていうか……」

「八月三十一日に二年生と試合するんでしょ? 負けたら即退部なんでしょ?」

妙に詳しいな、この人。その通りです、とぼくらはうなずいた。

「それなのに人数も集まらないなんて、あんたたちどうするつもりなの」

どうするつもりも何も、あまり深く考えると真剣に落ち込んでしまうので、ぼくたちはなるべく考えないようにしていた。現実から目を背《そむ》けていたのだ。

「まあその、背の高い奴にはなるべく声をかける感じで……」

「低くたっていいのよ。とにかく人数揃えることが先でしょ」

「そりゃそうなんですけど……」

「ハッキリしないわねえ。大丈夫なの? 誰がキャプテンなの?」

実は、ぼくたちはキャプテンというものを決めていなかった。四人しかいないので、リーダー的な存在を決める必要がなかったのだ。まあ、今までのいきさつからいって、強《し》いて言えば、ぼくがそういうことになるのだろうけど、その辺は適当だった。

「まあ、みんながそれぞれ自覚をもってですね、練習に取り組むというか何というか……」

「あんた、名前は？」

デカ女が訊いてきた。斉藤です、とぼくは答えた。

「そう。斉藤くん。ねえ、話があるんだけど」

「何すか」

「あんたたちのチームの練習相手になってあげてもいいわよ」

「はあ？」

いったい何を言い出すのか、この女は。

「うちら、強いのよ。インターハイ出場経験もあるんだから」

そうそう、と他の二人がうなずいた。いやまあ確かに迫力だけは十分に感じられるので、今の発言もまんざら嘘《うそ》ではないのだろう。しかし、男と女だ。練習相手になるといきなり言われても。

「あんたたち、今、四人しかいないんでしょ？」

「はい」

「今、うちら三人だけど、三年生は六人いるの」

「はあ」

「四対六で試合してみない？」

「はあ？」

「何よ、はいとか、はあとか、はっきりしないわね。何か不満でもあるの？」

「いや不満っていうか……」

遅くなりました、という声が聞こえた。振り向くと、そこにドッポが立っていた。

「遅いわよ、コーイチ」

デカ女が言った。待ってくれ待ってくれ、コーイチって誰だ？

「姉さん」

ドッポが言った。姉さん？　何のことだ。いったいどうなってる？

「姉さん、早いよ」ドッポが苦笑した。「待っててくれって言ったじゃない」

「あんたが遅いのが悪いのよ」

デカ女が言った。誰か何とかしてくれ。この状態を説明してくれ。

4

コーイチというのは本名だった。ぼくはドッポのことはドッポとしてしか認識していなかったので、まさかそんな本名があるとは思っていなかった。

そしてデカ女は国木田悦子《くにきだえつこ》といった。ドッポの実の姉で、国分学園女子バスケ部のキャプテンだった。横についているのはやっぱり女子バスケ部の三年生で、それぞれ村井美樹《みき》、高橋裕美《ひろみ》という名前だった。

ともあれ、悦子先輩がぼくたちの事情に詳しいのは当然だった。実の弟から直接話を聞いているのだから、これほど確かな情報はない。困っている弟たちを助けてやろうと思ったのは、美しき姉弟愛ということらしかった。

「あんたたちも、いつまでもツーオンツーばっかやってても仕方ないでしょ」

悦子先輩が言った。それはまあ、その通りなんですけど。

「だから、うちらがヘルプしてあげようって言ってるんじゃないの」

話によると、女子バスケ部において三年生はまだ籍を置いてはいるものの、基本的に現役を引退しているのだという。つまりそれは大会などには参加しないという意味だ。ただし練習にはフツーに加わるし、三年の悦子先輩がキャプテンであることも間違いない。どうも面倒くさい話だが、国分学園のルールがそういうことになっているそうだ。

部にもよるのだが、基本、国体やインターハイなどの公式大会には二年生までしか出場しない。三年生はただ練習に加わるのみということだった。それが学校の決定事項というのだから、仕方のない話だ。

つまり、三年生ははっきり言ってヒマなのだ。弟を助けてやろうと思ったのは、その辺の事情がかかわっているようだった。

「うちら、強いよ」悦子先輩が言った。「平均身長も百七十超えてるし」

デカイなあ。確かにそれは認める。

「でも、ぼくらドッポ君を合わせれば百八十いきますよ」

ぼくは言った。いつの間にか、ぼくが外交担当者になっていた。

「だけど、四人しかいないじゃない」

「そうはおっしゃいますけど……やっぱ男子と女子だし」

「当たりが違うって言いたいの？」

「まあ、そういうことかなあ……」

「やってみればわかるよ。意外とそうでもないって」

そうすかねえ、とぼくは横に立っていた二人の女性に目をやった。村井先輩も高橋先輩もさすがに女子としては背が高いが、どう見ても百七十はないように思えた。筋肉質ではあるけれど、やっぱり女子の体だった。

「うちらは二年以上やってるんだよ。チームワークとか、全然違うって」

それはそうかもしれない。ぼくたち四人はしょせん急造チームだ。バランスこそよく取れてるとは思うが、まだチームとして機能はしていない。それはもっと練習を積んでからの話だった。

「少なくとも、今のまんま練習してるよりは、よっぽど効果があると思うんだけど」

ちょっと待ってください、とぼくは思った。どうしようか。この申し出をありがたく受けた方がいいのか、それとも断った方がいいのか、ぼくには判断がつかなかった。

「どう思う？」

「ええやん、やってみたら」モンキーが腕を組んだ。「女子やろ。三年やからって、相手にならんって。わからしたるのも親切やで」

「でも、ケガとかさせたら」ツルが不安げな顔になった。「やっぱりマズイんじゃないの？」

「いや、姉に限ってそんな心配はいりません」ドッポが首を振った。「本人も言ってましたけど、ボディは相当鍛《きた》えてありますよ」

「ドッポ、お前の判断はどうなんだよ」ぼくは言った。「お前、姉ちゃんのこと見てきたんだろ、実力もわかるだろうが」

　ドッポがうなずいた。

「じゃあはっきり言いますけど、たぶんぼくたちがマジにやっても勝てないですよ」

「まさか」とモンキーが笑った。「そんなことはないやろ」

「いや、相当強いです」

「女やで」

「フツーの女じゃないですから」

「よし、お願いしてみよう。トライしてみようじゃないの」

　ぼくは結論らしきものを言った。みんながわかったとうなずいた。

「話は決まった？」

　悦子先輩が言った。お願いします、とぼくが代表して頭を下げた。じゃあ、メンバー呼んでくるわ、と悦子先輩が駆け出した。二人の女の先輩がその後をついていった。

5

正直、自信はあった。悦子先輩はぼくら四人に対して六人でチームを組むという。ハンデ戦だが、それでも勝てると思っていた。

そりゃあそうだろう。男と女だ。基礎体力が違う。体格が違う。スピードも違う。足りないのはチームワークぐらいで、それも運動量でカバーできると思っていた。

ところがところが。ぼくたちは平均身長で約十センチも低い女子チームに勝てなかった。理由はいくらでもある。最も大きいのは人数のハンデだった。四対六という人数で試合をすることを、僕たちは甘く見すぎていたのだった。

ひと言で四対六というと、まあ要するに二人の差だ。体格面を考えれば、そんなに大きくないハンデと考えてしまっていたが、冗談じゃない。二人というのは、でかかった。

単純計算で、ぼくたちは一人が一・五人の相手をマークしなければならないことになる。でも、実際にはそうはいかない。一人で二人をマークしなければならなくなってしまうのだ。そんなことできるはずもない。

おまけに、スピードが想像していたよりもはるかに速かった。パスもドリブルも、ぼくたちの思っていた以上のスピードで攻めてくる。平均身長はぼくらの方が十センチぐらい高かったから、制空権はこちらにあると思っていたのだけれど、とてもじゃないが、そこまで手が回らなかった。

というより、そこは向こうの方が頭がよかったのだろう。空中戦を挑まずに、ドリブルを主体とした戦法で攻めてきたのだ。

彼女たちはドリブルでこちらのコートに攻め入ってくる。マークしてた奴が一歩踏み込めば、すぐにパスで逃げられる。それなら、というわけでボールを追っていくと、またドリブルとパスだ。追いつけるはずなどない。

そのうちこちらも疲れてくる。集中力がなくなる。それを見逃さず、彼女たちは六人で一斉《いっせい》に攻めてくる。守りようがなかった。

更《さら》に、向こうにはスリーポイントシューターが二人いた。村井さんと、竹野内さんという人だ。ぼくたちが中を固めると、外からシュートを打ってくる。繰り返すようだが、人数は四対六なので、外までのマークはできない。

彼女たちはフリーの状態で何のプレッシャーもなくシュートを打ってくる。練習のようなものだ。あっさりとスリーが次々入っていくのを、ぼくたちは呆然《ぼうぜん》と見つめていることしかできなかった。

唯一、こちらに分《ぶ》があったのはリバウンドだった。別に向こうのシュートだって、百発百中入るわけじゃない。リバウンドは身長の高いこっちの方が有利だった。

向こうがシュートを外して、こちらがリバウンドを取れば、こっちのチャンスだ。スピードを生かして攻めに入る。そのはずだった。

だが、向こうも伊達《だて》にインターハイに出場していたわけではない。戻りのスピードが異常に速いのだ。ぼくたちがパスを回してシュートコースに入っても、必ず最低二人がディフェンスに入る。簡単に二人というけれど、シュートを打とうとして二人にディフェンスされたら、正確なシュートなど打てるものではない。

慌《あわ》ててパスを回しても、やっぱりディフェンスがついてしまう。どうしようもなくなって、無理な体勢からシュートを打っても、ボールがゴールに入ることはなかった。

「どうする？　一人減らして五人にしようか？」

試合形式の練習を始めて数日経った頃、悦子先輩が言ってきた。あまりにも一方的な試合が続くので、ハンデを減らそうかというのだ。

もちろん受け入れたかった。そうしてくださいと言いたかった。だけど、それを言ったらオシマイだろうとも思った。こんなところで負けてるようじゃ、二年生に勝てないだろう。だからぼくたちはこのままでお願いしますと言った。意地を張ったのだ。

いや、正直に言おう。ぼくたちは怖《こわ》かった。四対五の戦いになっても、勝つ自信がなかったのだ。今はまだいい。何しろ四対六なのだ。しかも向こうは女子とはいえ二年間みっちりと練習を積んできたし、試合経験も豊富だ。チームワークもいいし、何より自分が何をするべきかをわかっている。そしてこっちは急造チームだ。まだポジションすら決まっていない。だから負けるのは仕方のないことなのだ。

でも、四対五でも負けたらどうしても言い訳の仕様がなくなる。人数はたった一人違うだけだ。体格も身長もこっちが上で、だからハンデといえるものはそれほどない。

にもかかわらず負けてしまったら、二年生との試合がどうなるかは考えるまでもなかった。だからぼくたちは、あえてこのままでお願いしますと頼んだ。四対六なら負けても仕方ない。

試合を続けていく中で、チームワークが生まれてくる。何をすればいいのか体でわかれば、必ず勝てる。そんな日が来る。いつのことなのかはわからなかったが、必ず来る。そう信じるしかなかった。

まあいいけど、と悦子先輩は言った。あんたたちがそう言うんなら、別に強要はしないけどさ。

そんなこんなで六月が終わろうとしていた。七月になれば期末テストもある。今まで通りには練習もできなくなるだろう。いったいどうなるのか、ぼくにはさっぱりわからなかった。でも悪いことばかりではなかった。七月に入ったある日、意外なことが起きたのだ。

6

その日、学校に行くと、知らない奴がぼくの席に座っていた。背は百八十あるかないかだろう。太ってはいない。頭の毛は短く刈っていて、今時珍しい銀縁《ぎんぶち》のメガネをかけていた。

「何か？」

ぼくはカバンを机の上に置きながら声をかけた。斉藤ジュンペーだね、とそいつが言った。

「そうだけど」

「待ってたんだ」

男が立ち上がった。入れ替わりにぼくは自分の席に座った。

「野川っていうんだ。野川靖《やすし》。E組の」

「あ、そう」

野川が緊張している様子なのは見ていればわかった。メガネにしきりと触れている。こいつはメガネ君だとぼくは思った。

「何か用？」

「バスケやってるんだって？」

「やってるよ」

「入れてくれないかな」

メガネが言った。おい、マジか。

「そりゃあまあ……」

「入れてくれるのかくれないのか」

入れてくれないのならその理由を述べよ、とメガネが早口で言った。そんなことは言ってない、とぼくは笑《え》みを浮かべた。

「もちろん、入ってくれるなら大歓迎だよ。ただ、あんまり突然だったたんでびっくりしたんだ」

「入れてくれるのか」

「ああ。本仮屋《もとかりや》センセーのことは知ってるよな」

「もちろん」

「センセーはうちの顧問《こもん》なんだ。センセーの方にはこっちから言っておくよ」

「そうか」

「……ところで、何で今頃になってバスケ部に？」

噂で聞いたんだ、とメガネ君が小声になった。

「バスケ部の一年が三年の女子と練習してるって」

「してるよ」

ぼくはうなずいた。その中に、とメガネがますます低い声で言った。

「……村井美樹先輩がいるって」

村井美樹？　誰だっけ。正直言って、ぼくは今練習をしている女子の先輩についてて、プライベートな情報は何も知らなかった。キャプテンの悦子先輩はドッポの姉だから、細かいことは全部ドッポに任せていたのだ。

「いるだろう。ショートカットで目が大きくて……」

ああ、なるほど。ぼくは思い出していた。スリーポイントシューターの村井さんのことか。

「いるけど、それがいったいどうしたんだ」

「おれ、同じ中学の出なんだ」

へえ、そうなんだ。まあ、そういうこともあるだろう。

「正直に言う。おれ、ずっと憧《あこが》れてたんだ」

「誰に？」

「村井さんにだよ。お前、頭が悪いのか？」

いや、別にそういうわけじゃない。ただ、あまりにも急な話の展開についていけなかっただけの話だ。いったい何を言い出すのだろう、このメガネ君は。

「おれが中一で、村井さんが三年だった。一目惚《ひとめぼ》れだったんだ」

「へえ」

「村井さんはバスケ部のエースだった。それでおれもバスケ部に入った。同じことをしていたかったんだ」

「なるほど」

「そのまま、何もないうちに村井さんは卒業していった。そして国分に入ったと聞いた。おれはその日のうちにバスケ部を辞めて、今度は勉強一色の毎日さ。おれも国分に入らなければならなくなったからな」

極端な奴だ。こういう男がストーカーになるのだろう。

「つまり、村井さんを追いかけてここに来たってわけか」

「そうだ。何か問題でも？」

問題があるような気もしたけど、ぼくは黙っていた。

「中一と中三から、高一と高三になったわけだ」メガネが先を続けた。「またおれはバスケ部に入ろうと思った。村井さんがバスケ部にいるのを知っていたからな。

同じコートにいたいと思ったんだ」

「なぜ入らなかった？」

「何でって、バスケット部はほとんど活動停止状態だっていうじゃないか」

「……まあ、そうだな」

「おれはバスケがしたいんじゃない。村井さんの側にいたいだけなんだ。活動してないバスケ部に入ることに何の意味があるんだ？」

　ずいぶんワガママなことを言う奴だ。でも顔は真剣だった。

「それで？」

「だからおれは吹奏楽部に入った。村井さんを応援するためだ」

「なるほど。一緒にバスケができないのなら、せめて応援という形でいいから接点を持っていたかったということだな」

「そうだ。まあもちろん、三年女子は公式試合には出られない。そんなことは知ってる。だけど、とにかく何らかの形でつながっていたかったんだ。今おれはトランペットを吹いている。ところがだ。話を聞くと、男子バスケ部一年の練習に女バスの三年生が協力しているという。しかも、その中に村井さんが入っているというじゃないか」

「まあ、そうだな」

「そうだな、じゃねえぞ。何でひと言おれに言ってくれなかった」

結論から言おう。この野川という男はバカだ。ぼくもバカ王だが、こいつもなかなかのものだった。こんな奴をチームに入れてしまっていいのだろうか。

でも仕方がない。他にメンバーがいないのだから、バカでも何でも入ってもらわなければならない。とにかくわかった、とぼくは言った。

「理由は何でも、入ってくれるのは大歓迎だ。お前も今日からバスケ部だ」

「練習はいつからだ。何時からだ」

「放課後、体育館に来てくれ。バスケットコートにいるよ」

「放課後だな」メガネが立ち上がった。「必ず行くからな。待ってろよ」

「待ってる、待ってる」

「あとでな」

「わかった、わかった」

メガネが教室を出ていった。何だかよくわからないが、とりあえず五人目のメンバーが入ったことには間違いがなかった。ぼくはケータイを取り出して、ツルやその他の連中に、今来たメガネ野川についてのメールを送信した。

7

女目当てか、とモンキーが言った。ぼくたちは放課後、体育館に集まっていた。

「そういうことらしい」

ぼくは言った。大丈夫なんか、とモンキーがつぶやいた。

「まあ、ポジティブに考えようよ」ツルがモンキーの肩に手を置いた。「そりゃバスケをやる動機は人それぞれだよ。いろんな理由がある。その中には、女の子のためにという奴がいても不思議じゃない」

「問題は続くかどうかってことですよね」

ドッポが言った。それは問題ないだろう、とぼくは首を振った。

「ちょっと話しただけでもよくわかったんだが、メガネ野郎の村井さんに対する想いはハンパない。村井さんさえいてくれれば、モチベーションは続くはずだ」

村井さんてどんな人だっけ、とツルが訊いた。髪の毛の短い人です、とドッポが答えた。

「だいたいショートヘアじゃないか」

「そりゃそうですけど……外からのシュートが得意な人ですよ」

ふうん、とツルが言った。適当に聞こえるかもしれないが、ぼくたちにとって三年女子のチームなんてそんなものだった。女として意識したことなんてない。

「それで、そのメガネってのはいつ来るんだ」

「放課後、体育館で待つって言っといたんだけどな」ぼくは首を傾《かし》げた。「いや、来た」

メガネが走り込んで来た。短パンに白のTシャツ、メガネはかけている。遅くなってすまん、とメガネが頭を下げた。

「これが今話していた野川だ」

「よろしく」

鶴田だ、とツルが手を差し出した。野川だ、とメガネがうなずいた。それぞれに自己紹介が続いた。最後にドッポが国木田です、と言った。

「ところで、お前、バスケ経験あるんか」

モンキーがずけずけと訊いた。あるよ、と野川が答えた。

「どれぐらいあんねん」

「中学一年の時、バスケ部だった」

「その後は?」

「中二で部活を辞めた。それからは勉強ばっかりしてた」

「何やそれ」

「まあまあ、モンキーもそんなにうるさいこと言わない。とにかく経験がないよりマシじゃないか」

ツルが事態を丸く収めた。いつでもツルは頼りになる。

「ポジションはどこだったの？」

ぼくは訊いてみた。ポジションって言われても、とメガネが頭を掻《か》いた。

「一年の時やってただけだから」

「それでも、ポジションはあったんだろ」

「主に……球拾いをやってた」

「何や、それは」モンキーがわめいた。「そんなもん、バスケ経験とは言わんで」

「だって仕方ないだろ。うちの中学じゃ一年生は雑用って決まってたんだから」

メガネが唇を尖《とが》らせた。そんなこと自慢されても困る。

「基礎練習くらいやってたんだろうな」

ぼくは訊いた。そりゃあ、とメガネが胸を反《そ》らした。

「それぐらいしかやることなかったからな」

「せやけど、二年間やってなかったんやろ」モンキーがぶつぶつ言い出した。「そんなブランクあったら、何もかも忘れてるんちゃうか」

試してみよう、とツルがボールを持ってきた。

「ほら」

ツルがボールを投げた。メガネがそれを空中でキャッチした。ちょっと見ていて危なっかしい感じだった。

「ドリブルやってみようか」

ツルが言った。メガネがボールをバウンドさせた。

「そのまま走ってみろよ」

ぼくは自分もボールを持ってきて、コートをドリブルしながらちょっと走ってみせた。メガネが後からついてくる。そのままコート一周、とぼくは命じた。

「どうかね」

言われた通り、ドリブルをしながらメガネが走っている。まあ、あんなもんやろな、とモンキーが言った。

「体育の時間レベルや」

「だけど身長はけっこうある」ツルが腕を組んだ。「ジャンプ力があれば、使えないこともないぞ」

「どうなんだろうな」ぼくは言った。「その辺、全然話してないからな」

「試してみるしかないやろな」

おーい、とモンキーがメガネを呼んだ。ドリブルからメガネが戻ってきた。

「何だよ」

「いや、けっこう、うまいやないか」モンキーがおだてにかかった。「やるもんやな、と」

「そうかな」

「二年ブランクがあるとは思えへん動きや」

「まあな。運動神経はいいんだ」

「おお。頼もしいやないか。そんなら、もうちょっと見さしてくれや」

「何を？」

「シュートしてみんか」

「ああ、なるほど」

「ドリブルからレイアップシュートや」

わかった、とメガネがうなずいた。ぼくらはその様子を見守った。メガネが走り出した。ワン、ツー、スリー。ジャンプして、シュートを打つ。ところが、ボールはゴールにかすりもしなかった。全然変な方向に逸《そ》れるだけだったのだ。

「あれ？　おかしいなあ」メガネが苦笑《にがわら》いを浮かべた。「こんなはずじゃなかったんだけど」

「こんなはずもそんなはずもあるかい」モンキーが小声で言った。「タイミング、バラバラやないか」

「手足の動きが逆ですよね」

ドッポが言った。その通りだった。

「悪い。もう一度やらしてくれ」

メガネが転がっていったボールを取ってきた。もう一度と言わず、とぼくは言った。

「何度でもチャレンジしてくれよ」

「昔はもっとうまかったんだよ、マジで」

「わかった、わかった」

再びメガネがドリブルを始めた。何だか見てるだけで危なっかしいフォームだった。

「あんまり意識するなよ」

ツルが叫んだ。オーケイ、とメガネが左手を上げた。そんなことしなくていいのに。

「行くぞ」

メガネが言った。どうぞ、とぼくたちは様子を見つめた。ワン、ツー、スリー。だけど同じだった。ボールはどこかとんでもない方向へと飛んでいってしまった。

「いや、だけどね、ジャンプ力はあるよ」ツルがポジティブな意見を述べた。「足も速いしさ、うまくすれば戦力になるかも」

「そんな時間あるかい。試合は八月三十一日なんやぞ」

モンキーが不機嫌な顔になった。それでも何でも、とにかく奴を鍛えあげなければならない。何しろ五人しかいないのだ。全員がレギュラーなのだ。

「メール、来ました」ドッポがケータイを片手に言った。「姉からです」

「何だって？」

「あと五分でこちらに来ると」

「今日から五対六やろ」

モンキーがうなずいた。そういうことだ。しかし、五人目は大丈夫なのだろうか。

メガネは自分の打ったシュートがゴールにかすりもしなかったことに呆然としている。こんなことで試合になるのだろうか。そう思っているのは、ぼくだけではないようだった。みんな不安げな表情を浮かべていた。

ようやく五人になりました……あらら

1

ドッポの姉、悦子《えつこ》先輩が一、二、三と人数を数えた。

「一人増えてるじゃない」

そうなんですよ、とぼくは手もみした。

「今日から五人になりまして」

「一年生？」

「そりゃもう。ピチピチとれたての一年生です」

「名前は？」

おーい、とぼくはメガネを呼んだ。ドリブルをしていたメガネが戻ってきた。

「こっち、今練習相手してくれてる三年女子の皆様。お前、自己紹介しろよ」

「の、野川です」

メガネがひとつ、二つ口ごもりながら言った。野川くん、と悦子先輩がうなずいた。

「よろしくね。あたしは国木田《くにきだ》。三年のキャプテンよ」

こっちが三年生、と悦子先輩が紹介した。三年の女子たちが頭を軽く下げた。

「よ、よろしくお願いします」

メガネが声を張った。必要以上に大きな声になったのは、この中にメガネが憧《あこが》れていた村井美樹《みき》先輩がいるためなのだろう。

村井さんは右から二番目に立っていた。スリーポイントシューターの村井さんだ。ぼくはじっくり彼女を見た。ちょっとボーイッシュで、髪の毛が短い。目が丸くて大きいのがチャームポイントだ。

確かにカワイイといえばカワイイのだが、一目惚《ひとめぼ》れするようなルックスだろうか。まあいい。女の趣味については口を出すまい。人生いろいろ、女もいろいろだ。

「五人になったから、ちゃんと試合できるね」

悦子先輩が言った。はい、とぼくはうなずいた。ちゃんとできるかどうかは別として、とりあえず五人揃《そろ》った。あとはなるようにしかならない。

「あたしたちも五人にする？」

五対五、つまり通常の試合をしないかということだ。いやいや、とぼくは首を振った。

「今まで通りでけっこうです」

「じゃあ、六対五ってこと？」

「そういうことで」

とにかくやってみようよ、姉さん、とドッポが横から口を出した。そうね、と悦子先輩がうなずいた。

「じゃあこっちもフルメンバーでいくわ」

「もうやります？」

「何かあるの？」

「いや、ちょっとミーティングというか」

どうぞ、と悦子先輩が言った。ぼくたちは円になって集まった。

「今日から一人増えた」ぼくは言った。「六対五となる。六対四の時はマークする相手が一・五人だったけど、ええと」

「一・二人だ」ツルが呆《あき》れたように言った。「そんな簡単な割り算もできないのか？」

「まあまあ。そないなことジュンペーに期待したらあかんで」

モンキーがにやにや笑った。最近ますます猿に似てきたなと思った。

「とにかくだ。五人になった。ポジションを決めよう」

ぼくはそれぞれの顔を見た。みんながうなずいた。

「センターはドッポ。お前しかない」

「はい」

「ポイントガードは……どうするかなあ」

「誰でもええがな。メガネ、お前やれ」

モンキーが指さした。ポイントガードって何？　とメガネが訊《き》いている。

お前は村井さんのことをマークしてればいい、とぼくが言うと、喜んで、という言葉が返ってきた。いいなあ、お前は単純で。

「シューティングガードはツル」

「オーケー」

「スモールフォワードはモンキー」

「わかった」

「そしてパワーフォワードはぼくがやる。文句ないな？」

ない、とみんながうなずいた。とにかくやってみることやろ、とモンキーがつぶやいた。

「やってみて、試してみて、不都合があったらまたポジションを替えればええ。違うか？」

違わない。今のポジションは仮決めのようなものだ。今までも、役割分担していた。今日はそれをはっきりさせたにすぎない。

「よっし、やるぞ」

おお、とみんなが言った。

「オフェンス、積極的に」

「おお」

「リバウンドは絶対取るぞ」

「おお」

「とにかく走れ」

オッケーとみんなが叫んだ。よし、いつでもいいぞ。さあゲームだ。

「いくぞ、一、二、三」

「ダー！」

2

笛が鳴った。審判をしてくれているのは一年生の女子バスケ部員だった。

ジャンプボール。ドッポがいつものようにタップし、ボールをツルに送った。ゆっくりとしたドリブル。ぼくたちは相手のコートに足を踏み入れていった。スローペースもいつものことだ。

六対五で試合をやるということは、相手方に常にフリーの選手がいるという意味だ。今までは二人もいたから、カバーなんてとてもできたもんじゃなかったけど、一人だったら何とかなるとぼくは思っていた。

ツルがドリブルを続けている。マークが一人ついていた。なかなか前に行けない。モンキーが走った。

速いなあといつものことながら感心して見ていると、ツルがパスをモンキーに送った。空中でキャッチする。ぼくたちも前に出た。モンキーとモンキーをマークしていた女子のプレイヤーの肩が激しくぶつかり合った。バスケットボールというのは、実はけっこうハードなスポーツなのだ。

右へモンキーがドリブルしながら走る。マークマンが追ってくる。コーナーに追いつめられた。どうするモンキー。

「パース！」

叫びながらメガネが前に出た。なかなかいい動きだ。中一の時、バスケを一年間だけやっていたというのは嘘《うそ》じゃないのだろう。

だがモンキーはパスしなかった。気持ちはわかる。まだ信用できないのだ。そりゃそうだ。今日初めて一緒に試合をすることになった奴を、信頼することは誰にもできない。

ぼくは走っていた。モンキーの猿顔が揺れる。こっちだ、と手を振った。モンキーが素早くボールをよこした。

横から手が出る。女の白い手。渡してなるものか。ぼくはがむしゃらにボールをキャッチした。体を張って、フェイント。右へ行くと見せかけて左へ。

左、そこにこそぼくの道がある。ドリブル。前へ。ツルがサイドに回ってきた。

ぼくはマークを振り切って、ツルにボールを回した。ツルがジャンプシュート。するとと見せかけて、サイドスローでドッポにボールをパスした。百九十五センチの身長はこんな時のためにある。

右手だけでボールを受け取ったドッポがジャンプした。絶妙なタイミングでシュートを打つ。ボールがゴールに入った。

「よっしゃっ！」

モンキーがガッツポーズをした。

「戻れ！」

ツルが叫んだ。走る。振り向く。もうボールを前に運んできていた女子チームの姿がそこにあった。

「戻れ！　戻れ！」

ツルが叫んでいる。ドッポが走っている。ぼくたちはそれぞれマークするプレイヤーの前に立った。

ボールをドリブルしているのは悦子先輩だ。堂々としている。誰も寄せつけない感じだった。モンキーが横から手を出した。ボールを狙っているのだ。

だが悦子先輩はスキを見せない。左手でガードしながら、ドリブルを続け、一歩ずつゴールに近寄ってくる。それ以上前に行かせまいとして、モンキーが悦子先輩の前に回った。悦子先輩の足が止まった。

どうなってる。ぼくは一歩引いて全体を見た。五人のプレイヤーにそれぞれこっちのチームからマークがついている。一人だけフリーの選手がいた。高橋という女の先輩だ。完全にフリーになって、ゴール近くにいる。

「ドッポ！」ぼくは怒鳴《どな》った。「そっちにつけ！」

ドッポがマークを外して、どたどたと足を踏み鳴らしながら高橋さんのマークについた。すぐ悦子先輩が今までドッポがマークしていた女の先輩にパスをした。そんなのは計算済みだ。

パスを受けたのは竹野内という先輩だった。外からのシュートを得意としている。この距離なら、彼女がシュートを打ってきてもおかしくはない。それならそれでいい。打ってくるなら打てばいい。

いくらスリーポイントシュートが得意といっても、百発百中で入るわけではない。確率から言えば外す可能性の方が高い。だから彼女をフリーにしたのだ。

竹野内さんがボールを構えた。ヒザがゆっくり曲がる。打ってくる。打ってくるぞ。

「リバウンド！」

ぼくは怒鳴った。みんなが自分のマークしている相手の動きをブロックする。いわゆるボックスアウトだ。

竹野内さんがジャンプしてシュートを打つ。きれいなシュートだった。ボールが放物線を描いた。ゴールにぶつかって、大きく跳《は》ねた。

「リバウンド！　取れよ！」

ツルとモンキーがボールに向かって突進した。メガネはどこだ。メガネは何をしてる？

四人の女子がボールに反応していた。ボールを取ったのは悦子先輩だ。そのままディフェンスがつめる前に、シュートを打った。ぼくもそれを邪魔しようとしたのだけれど、一瞬動きが遅れた。ボールがゴールに突き刺さった。

「しゃあない。次や次」

モンキーが言った。確かに今のは仕方がない。シュートを打った悦子先輩のセンスを誉《ほ》めるべきだろう。よくあんなごちゃごちゃした局面からシュートを打てるものだ。

「反省すべきなのはリバウンドだよ」ツルが言った。「今のは取らなきゃ」

その通りだった。リバウンドを取ることについては、徹底しなければならない。今のはこっちのチャンスボールだった。チャンスを逃したから、シュートを決められたのだ。反省しよう。

「リバウンド、絶対な」

ぼくは声をかけた。おお、とみんながうなずいた。

「メガネ、どうなんだ。ついていけるのか」

ぼくは横を走っていたメガネを見た。いけるいける、とメガネは手足を動かした。

「さっきだってパスもらえたはずなのに」

「わかったわかった。様子が見えてきたら、お前にもパスを送るよ」

「うん」

じゃ、おれは村井さんのマークにつくよ、と言ってメガネがぼくを抜き去っていった。幸せだな、あいつは。

ツルがドリブルをしている。マークが二人ついた。どこにも行けず、立ち往生してる。ぼくはそれを助けるべく、走り込んでいった。まだ先は長い、と思った。

3

試合はそれからも淡々《たんたん》と続いた。昨日までと比べて、ぼくたちは五人になった分、攻めのパターンが増えていた。

メガネは何というか、ガチャガチャした動きだったけれど、いないよりは何倍もマシだった。しかも、メガネには役割をひとつしか与えていない。村井さんのマークだ。

彼女を徹底的にマークすることによって、外からのスリーポイントシュートを防ぐことができた。

外からの攻撃はあと竹野内さんしかいない。一人だけならどうにかカバーできた。外からの攻撃を封じてしまえば、あとは中に入ってからの勝負だ。

一人人数が少なくても、そこは一応男の意地ということで、ぼくたちは三年女子の猛攻に耐えていた。やってくうちに、課題が見えてきた。とにもかくにもリバウンドだ。

ぼくたちはルーズボールに対して、何とかしようという執念《しゅうねん》に欠けていた。ゴール下でもそうだ。自分たちのシュートが外れれば、それで終わりだった。そんなんじゃ勝てない。

ぼくはタイムアウトを取り、全員を集合させた。みんな汗びっしょりだった。

「苦しいのはわかる。でも走らなきゃ勝てない」

ぼくは言った。みんなが力なくうなずいた。

「ボールに集中しよう。リバウンド、最後まで諦《あきら》めずに」

「んなことわかっとる」モンキーがポカリをひと口飲んだ。「けど、そんなことしてたらスタミナが最後までもたんで」

「代わりはいないんだ。五人でやっていくしかない」ツルがうつむいた。「それがこのチームの弱点だな」

「仕方ないだろう。いないもんはいないんだから」

ぼくは肩をすくめた。コートの反対側に目をやると、女子の先輩たちがタオルで汗を拭《ふ》いているのが見えた。

「とにかく、マークを徹底的に。リバウンドは絶対取ろう。最後まで走るんだ」

今、ポイントは三十対十六だった。ぼくたちが負けている。それでも昨日までと比べればまだゲームになっていた。昨日なんかは、前半で五十四対八ぐらいの大差で負けていたのだ。

「ゲームになってるって。諦めるな」

「そやな。頑張ろう」

モンキーが言った。笛が鳴った。一分間のタイムアウトなんてあっという間だった。

「よっしゃ、いくで！」

「おっし」

「うす」

みんながバラバラの気合を入れた。全員がコートに入った。審判の女子がツルにボールを渡した。

「再開します」

審判が言った。はい、とツルがうなずいた。また笛が鳴った。

「よっし、攻めていこう」

ツルがドリブルで進んでいく。マークが一人ついている。高橋さんだ。盛んに手を出してボールを奪おうとする。そうはさせまいとツルがドリブルのスピードを速くした。

モンキーが逆サイドを走った。マークしていた女の先輩がそれを追いかけて走る。モンキーの方が速い。ツルがパスを送った。モンキーがボールをキャッチした。足は止まらない。右、左とドリブルで抜いていく。

「パース！」

メガネが叫んだ。モンキーがちらっとメガネを見た。村井さんは近くにいるけど、マークというほど近い距離ではなかった。いいかもしれない。

モンキーもそう判断したらしい。体を半回転させて、そのままパスをメガネに送った。ボールを受け取ったメガネが動いた。村井さんがマークにつく。抜け。抜いてドッポにボールを渡せ。

だがメガネのドリブルは速さがなかった。前に回った村井さんとお見合いみたいな形になる。馬鹿野郎、何してんだ。

村井さんのチェックは厳しかった。手が四本あるんじゃないかと思えるほど、メガネの持っているボールを攻めている。このままじゃどうしようもない。

ぼくは前に走った。悦子先輩が横にいる。気にするな。走れ。走り込んで、メガネの手から強引にボールを奪った。その勢いでドッポにパスを投げた。

「何してんだお前！」

「すまん」

メガネが言った。ボールを受け取ったドッポがジャンプした。シュート。惜《お》しい。入らなかった。全員がボールに向かっていった。こぼれ球。それを拾えなかったら、勝つことはできない。

「取れ！」

ぼくは叫んだ。モンキーとドッポがボールを追った。

「お前さあ」ぼくは横に並んでいたメガネに言った。「ボールもらったのはいいけど、そのままにしとくなよ。誰か空いてる奴にパスしろって」

「わかってる」

「何でパスしなかったんだ？」

「……村井さんがこっちに来たから……」

「だから何だよ」

「つい、見とれちゃって」

ボールをモンキーが取った。ゴール下。角度がない。マークが二人ついている。逃げようがない。

「メガネ、お前が村井さんのことを好きだっていうのはそれでいい。そんなの個人の自由だ。だけどゲーム中はゲームのことだけ考えてろ。いいか、わかったな」

「すまん」

メガネが素直に頭を下げた。しっかりしてくれよ、とぼくはその肩を叩《たた》いた。

モンキーがツルにパスを通した。絶妙。うまい。ツルはノーマークだった。その場でジャンプシュート。入った。ナイスシュート、とぼくは手を叩いた。

「落ち着いている場合か。来るぞ！」

ツルが叫んだ。わかってる。ぼくは悦子先輩の姿を探した。

4

試合が終わった。六十三対四十二でぼくたちの負けだった。でも昨日よりはずっといい、とツルが言った。

「昨日は何対何だっけ？」

「百十二対三十六です」ドッポが言った。「まあ、四人対六人なんだから、当然といえば当然の結果なんですけどね」

確かに、五人になったのは大きい。メガネを徹底的に村井さんのマークにつかせたのは成功だった。

メガネのおかげで、村井さんはスリーポイントシュートをほとんど打てなかった。打てなかったというより、打たせなかったという方が正しいだろう。シュートチャンスをことごとくメガネがつぶしたからこの点数になったのだ。

「面白かったよ」

悦子先輩が言いに来た。ありがとうございました、とぼくたちは声を揃えてそれぞれに礼をした。

「やっぱり六対四じゃハンデつけすぎだもんね。六対五だと、ゲームが締《し》まるわ」

「そうっすね」

ぼくは答えた。悦子先輩がにっこり笑った。

「そこのメガネくんもそこそこ戦力になるじゃない」

「ありがとうございます」

メガネが頭を下げた。強烈なマークだった、と悦子先輩が言った。

「あんなにぴったりくっつかれたんじゃ、シュートも打てないわ」

実はぴったりくっついていたのは他に理由があるのだけれども、そんなことはここでは言えない。ありがとうございます、とメガネがまた深く頭を下げた。

「明日もやるでしょ?」

「お願いします」

「ね、明日五対五でやってみようか」

悦子先輩が言った。いやいや、とぼくは首を振った。

「五人で六人に勝ちますよ」

「それは無理じゃない?」

「トライすることに意味があると思います」

ぼくは答えた。本当は、五対五で試合をして、負けるのがちょっと怖《こわ》かったのだけれど。

「まあ、いいわ。好きにしなさい。じゃあ明日ね」

悦子先輩が去っていった。ぼくたちはふうとため息をついた。

「ちょっと休もうか」

ぼくは言った。みんなが崩れ落ちるようにその場に座り込んだ。

「キツイキツイ」

ツルが転がりながらつぶやいた。ポカリポカリとモンキーが呪文《じゅもん》のように唱えた。

「あー、床が気持ちいい」

ドッポがコートに額をつけながら言った。メガネは無言だった。

「ひどい顔してるぜ、ジュンペー」

立ち上がったツルがタオルを投げてくれた。ぼくはそれで顔を拭いた。汗がひどかった。

「シャワー浴びたみたいだ」

ぼくは感想を述べた。みんなもうなずいた。

「ああ疲れた」ドッポがのっそりと起き上がった。「死ぬかと思った」

「何対何だっけ？」

ぼくは訊いた。六十三対四十二です、とドッポが答えた。体が大きいわりには数字に細かい。

「そうか。二十一点差かあ」

「もうちょっと縮められたんですけどね」

「だよなあ」

よいしょ、とぼくは立ち上がった。フロアの隅に置いていたポカリを取って、それを飲んだ。ぬるかった。

「惜しいところはいっぱいあったんだよ」

「せやな」

「結局、攻めのパターンがワンパターンなんだよ。ドリブルで上がってパスでつないで、最後ドッポに決めてもらうっていう」

「せやな。それがオレらの黄金パターンというか」

モンキーがうなずいた。読まれてんだよな、とぼくは言った。

「だから、最後にはドッポが徹底的にマークされて、シュートが打てなくなっちまう。外から打てればなあ」

「どうなんだ、メガネ」ツルが苦笑した。「マンガだと、最後に入ってくる選手には意外な才能が隠れてたりするんだぜ」

「中学の時」メガネが口を開いた。「シュート練習はしてたよ」

「おお。それなら」

「レイアップとジャンプシュートだけさ。スリーなんて打たせてもらえなかった。そんなの生意気だって」

言われてみれば、ぼくにもそんな経験があった。中一の時は外からのシュートなんて打てたもんじゃなかった。それは二年生以上の特権だった。

「まあしかし、練習ぐらいしてみたらどうだ」ぼくは声をかけた。「やっておいても損はない」

「無理だよ」

それに、とぼくは言葉を付け足した。

「お前の好きな村井さんもスリーポイントシューターだぞ。好きな人と同じことをするっていうのは恋愛の初歩なんじゃないか」

メガネが黙った。真剣に考えているらしい。おいおい、ジョークだっての。

「さて、じゃあ練習再開といきましょうか」

ツルが言った。せやな、とモンキーがうなずいた。

「まだやるの?」

メガネが訊いた。やるさ。やるしかないだろう。

「ツーオンツーやろうぜ。とりあえずメガネは見てろよ」

せーの、とぼくたちはグーパーをした。ぼくとドッポがグーでツルとモンキーがパーだった。

「よっしゃ、やろう。立て立て立て」

ぼくは号令をかけた。その辺に落ちていたボールをドッポが拾った。メガネがコートの外に出た。

5

翌日の昼休み、ぼくたちは校庭を走っていた。いつものことだ。

ぼくたちはよく走った。陸上部でもこんなに走らないのではないかと思うぐらい走った。それ以外にスタミナをつける方法を、ぼくたちは知らなかった。

暑い日だった。メガネが追いつけずに周回遅れで走っていた。村井さんが見てたらどう思うかな、と追い越しながらささやくと、その時だけは猛ダッシュになるのだけれど、すぐに遅れてしまう。まあ、まだ入ったばかりなのだから仕方がない。

「イチニサンシ、ゴロクシチハチ」

モンキーが奇妙な号令をかけながら走っている。ドッポとツルは何も言わない。無言で走り続けていた。

「あと十分」ぼくは怒鳴った。「ファイトだ」

おお、とか何とか声がした。その時、校庭を横切ってくる本仮屋《もとかりや》センセーの姿が見えた。

「ちょっと、ストップストップ」

センセーが手を振った。何だろう、いきなり現れて。センセーはいつものようにカワイかった。ぼくはちょっと見とれてしまった。

「止まってちょうだい」

「何すかセンセー」モンキーが立ち止まった。「おれら練習中ですよ」

ぼくたちは順番に足を止めた。メガネはちょうど反対側を走っていた。

「何かあったんですか」

ぼくは訊いた。いいニュースよ、とセンセーが言った。

「何すか」

「バスケット部に入りたい、という一年生がいたの」

センセーがニコニコ笑いながら言った。なるほど、それはいいニュースだ。

「どこにいたんですか、そんな奴」

ツルが言った。C組、とセンセーが答えた。

「しかも背が高いの。百九十はあるわね」

そんな奴いただろうか。ぼくたちは同じ一年生の背の高い奴リストというものを作って、まめにチェックしていたのだけど、百九十を超える長身の奴に覚えはない。

「今までそいつは何やってたんですか」

ツルが訊いた。そうだ、国分《こくぶ》のルールでは生徒は何らかの部活に参加していなければならない。もう七月だった。今まで何をしていたのだろうか。

「映画研究会って言ってたわ」

映研。そんなクラブにいた奴が、なぜ今頃になってバスケ部に。

「まあ、いいじゃないですか。入部希望者なんて、いい話ですよ」

ドッポが軽く手を叩いた。センセーが手を振った。

「こっちよ。来なさい」

制服のワイシャツ姿の男が現れた。のっそりという以外、形容の仕様がない動きだった。

「早く来て。宇藤《うとう》くん」

「ウトウ?」モンキーが首を曲げた。「どんな字を書くんや」

「宇宙の宇に藤田の藤よ」センセーが説明した。「それで宇藤って読むの」

「ああ、宇藤ね」ツルがうなずいた。「知ってるよ、ボク」

言われて思い出した。C組に背の高い奴がいるけど、誘っても乗ってこなかったという話をぼくも聞いていた。

「宇藤です。宇藤公平」

目の前に現れた巨漢が頭を下げた。巨漢というと聞こえはいいし、百九十あるというのも嘘ではない。ただ、横幅がありすぎた。

半周遅れて走っていたメガネがようやくぼくたちに追いついた。手をヒザに当ててゼーゼー言っている。まあいい、こいつのことは放っておこう。今は目の前にいる巨漢の話が先だ。

「宇藤くんだよね」ツルがテキパキと言った。「覚えてる？　ボクのこと。連休前に誘っただろ、キミのこと。バスケやらないかって」

「覚えてる」ウトウがうなずいた。「無理って断ったら、そうって言われた」

まあツルの判断は理解できる。とりあえず身長があるから、誘ってはみたけれど、強引に説得してまでバスケ部に入れようとは思わなかったのだろう。

気持ちはよくわかった。目の前の巨漢はおそらく体重百五十キロぐらいあるだろう。走ることもできないんじゃないか。ましてやバスケットにおいてをや。

「その時は断ったと」ぼくが話を引き取った。「だけど突然やる気になった。どうしてなんだ？」

ウトウが黙り込んだ。様子を見ていたセンセーが口を開いた。

「先月、健診があったでしょ？」

「ケンシン？」

「健康診断。ジュンペーくんも受けたでしょ」

確かにあった。全校生徒参加の健康診断。もちろん、ぼくも受けていた。

「それでね……宇藤くんなんだけど、結果が悪くて」

「結果？」

「数値が悪くて」

「数値？」

「わかりやすく言うとね」センセーがため息をついた。「宇藤くん、生活習慣病の危険があるんだって」

はあ。生活習慣病。何だか重い話になってきた。

「脂肪肝《しぼうかん》だし、コレステロール値も高いの。本人の前で言うのもあれだけど、このままだったら糖尿病になるって」

何だかわからないが、目の前の巨漢は大変なことになってるようだった。

「お医者さんから学校の方に連絡があって、とにかく体重を落としなさいって。宇藤くん、今何キロなんだっけ?」

「百六十二」

ウトウが答えた。百六十二。ぼくが二人以上いる計算になる。

「お医者さんが言うには、とにかく九十キロ台まで体重を落とさないとダメだって。しかも一年以内に」

待て。待ってくれセンセー。まさかそのためにバスケ部に?

「ダイエットしなきゃ死んじゃうのよ」

センセーが言った。おいおい、カンベンしてくださいよ。バスケ部はフィットネスクラブじゃないっての。

「運動のためだったら、他にもありますよ」ツルが言った。「それこそ、陸上部なんかどうです?」

「ただ走るのって嫌いなんだ」ウトウがむしゃむしゃと口を動かした。「何か、つまんないじゃない」

ゼイタク言ってるな、この男は。

「バスケットが一番運動量が多いって聞いたんだ」

「誰に?」

「医者に」ウトウが肩をすくめた。「だから、やってみようって思った」

「経験は？」

「ない」

ぼくはみんなを見た。誰もが、よくわからんという顔をしていた。

「まあ、別に入りたいって言うのなら断る理由はないけれど」ぼくは言った。「でも、お前が考えてるよりこの部はキツイぞ」

「走ってばっかりやで」モンキーが口を動かした。「陸上部と変わらん。むしろそれより厳しいかもしれん」

「朝と昼はホントに走ってばっかりだ」ツルが説明した。「何にも面白いことはない。グラウンドをずっと走り続ける。それだけだ。ボールを使った練習は放課後しかやらない」

ウトウが助けを求めるようにセンセーを見た。センセーは、ダメ、と首を振った。

「宇藤くん、もうここしかないのよ」

はあ、とウトウがうなだれた。ぼくはその肩を叩いた。じんわりとした汗の感触が手に残った。

「六人目のバスケ部員として、歓迎するよ」

はあ、とウトウがため息をついた。ほな始めようか、とモンキーが言った。

「始める？　何を？」

「走るんや」

「今？」

「今や」

「だって、ぼく……制服だよ」

ええやないか、とモンキーが言った。

「制服上等やないか。それともパン一で走るか？」

「いや、そんなわけには……」

ゴチャゴチャ言わんとさっさと走れ、とモンキーがウトウのでかい尻を蹴《け》った。

暴力はダメよ、とセンセーが言った。

「これは暴力と違います」モンキーがまた尻を蹴った。「かわいがりですわ」

痛いとか何とか言いながらウトウが走り出した。その後をモンキーがついていく。

「メガネ、お前もだ」ぼくは言った。「お前はまだ一周遅れてるんだぞ」

ふう、とため息をつきながらメガネが走り出した。大丈夫かしら、とセンセーが首を傾《かし》げた。ちょっとカワイらしい仕草だった。

「何がですか？」

「宇藤くん。ついていけるのかなあ」

さあ、とぼくは言った。

「そりゃ本人の自覚次第なんじゃないですかね」

「それはそうなんだけど……」

「まあいいじゃないの。前向きに考えよう」ツルが言った。「とにかくこれで六人になった。交代要員が一人できたことになる」

「でも、バスケ経験ないって言ってましたよ」ドッポが腕を組んだ。「そんなの、戦力になりますかね」

「あの身長だ。とりあえず脅《おど》しにはなるだろう」

「お前はポジティブだなあ」ぼくはツルに言った。「見てみろよ、あの走り方。センスのかけらもないぞ」

ウトウとモンキーがグラウンドの反対側を走っていた。そのスピードはひどく遅いものだった。

「それでも、一人控えができたのは大きいよ」

ツルはどこまでも前向きだった。

「ケガとか、そんな事態にも対応できるし、これからは練習でスリーオンスリーもできる」

「まあな」

　ぼくは言った。センセーが心配そうにウトウを見つめていた。

「センセーもそんな顔するなって。あいつを七十キロやせさせればいいんでしょ」

「できる？　そんなこと」

「センセー、それを言っちゃおしまいだってば」

　あと何分ある、とぼくはドッポに訊いた。昼休み終わるまであと五分です、とドッポが答えた。

「よし、最後にひとっ走りしますか」

　ぼくは走り出した。ツルとドッポがついてくる。頑張ってね、とセンセーが大きな声で言った。

　まあいい。ぼくは走りながら考えた。ツルの言うことも一理ある。とにかく一人でも増えるのはありがたいことだった。たとえそれが百六十二キロのウドの大木としてもだ。

　ぼくは走る足先に力を込めた。モンキーがウトウを蹴っているのが見えた。

夏休みだ！　合宿だ！　……でもその前に

1

それからもずっと、ぼくたちの練習内容に変化はなかった。

朝は始業時間の一時間前に集まり、校庭を走る。昼も同じだ。ただただ走る。放課後になれば、今度はボールを使った実戦練習だ。女子バスケ部との試合はもちろん、スリーオンスリー、シュート練習などをやっていく。同じ一年生なので、そこに遠慮はなかった。

最後に入ってきたウトウは、そんなことできないと言った。できないというのなら仕方がない。辞《や》めてもらうだけだ、と言うと、それは嫌なのか、必死の形相《ぎょうそう》でついてきた。

まあウトウはそうだろう、何しろ命が懸《か》かっているのだ。いくらやりたくないと言ったところで、やらなければならないのは本人が一番よくわかっているはずだった。

ランニングの時はモンキーがウトウについた。後ろを走っていて、少しでもスピードが遅くなると、後ろから尻を蹴《け》るのだ。しかも思い切り。モンキーにとっては面倒なことだろうなと思っていたのだが、意外なことにモンキーはその与えられた役割を真面目《まじめ》にこなしていた。

「だってな、あいつのケツ蹴るの、おもろいねん」モンキーは言った。「水枕蹴ってるみたいな感じでな、気持ちええのや」

なんだかゲイみたいなことを言ってたけど、まあそんなことはいい。とにかくウトウも必死で走っていた。ボールを使った練習になると、教えていたのはツルとドッポだった。二人ともともと面倒見のいい性格だったから、ちょうどいい役回りだ。ただし、ウトウを教えるにはとんでもない忍耐力が必要だった。何しろウトウは本当に素人《しろうと》で、バスケットボールのバの字も知らないのだから、厄介《やっかい》なことこの上なかった。

ウトウはドリブルという単語すら知らなかった。ボールを持ったまま走ろうとするのだから、どうにもならない。それじゃアメフトだっつーの。

「走る時はボールをドリブルさせながらじゃないとダメなんだ」ツルが見本を示した。「ね？　こうやってバウンドさせながら自分の行きたい方向へ行く」

だって、とウトウが唇《くちびる》を尖《とが》らせた。

「そんなの面倒じゃないか。ボールを抱《かか》えたまま走る方がよっぽど確実だ」

「ルールなんだよ。決まってるんだ」

「そんなバカなルール、誰が決めたんだ？」

「知らない。たぶん昔のアメリカ人だろう」

「何でもアメリカの真似《まね》しなきゃならないってことはないと思うぞ」

ウトウが国粋《こくすい》主義者のようなことを言った。まあまあ、とドッポが間に割って入った。

「とにかくやってみたらどうですか。やってみたら案外うまくいくかも」

だが、うまくいくはずがなかった。ウトウはなぜかわからないけど右手と右足、左手と左足を同時に出してしまうので、ボールをキープするどころではなかった。どんどん待っているみんなとは違う方向に逸《そ》れていく。わざとやってるとしか思えないくらい完全にダメだった。

まあしかし、それでもウトウは六人目のメンバーだった。スリーオンスリーをやれるようになったのも、ウトウが入ってきてくれたおかげだ。ウトウは身長百九十を超えていたので、壁としては役に立った。ゴール前に立たせて腕を伸ばさせると、なかなかそれを抜いてシュートコースに入るのは難しかった。

「ウドの大木と言うけれど」ぼくは言った。「役割というものはあるんだな」

もっとも、パスを使ってうまくかわしてしまえば、ウドの大木はしょせんウドの大木だった。何をすることもできない。ただデカイだけの存在に成り下がってしまうのが常だった。

そんなウトウに初歩からバスケを教えつつ、ぼくたちはそれぞれ練習に励《はげ》んだ。やっていけばいくだけうまくなるのはスポーツというもののいいところで、ぼくたちの力は確かに上がっていった。

それは、本当にわずかなことだったけれど、やっている自分にしかわからないようなことだったけれど、間違いのない事実だった。ぼくたちはうまくなっていた。

「いい感じじゃないか」

モンキーが言った。だな、とぼくはうなずいた。

「この調子やったら、二年に勝てるかもしれへんで。マジで」

「そううまくはいかないだろうけど」ツルが慎重に答えた。「いいところまで持っていけるかもな」

「景気の悪い話をするなや」モンキーがツルの肩を叩《たた》いた。「ええやないか、ウソでも何でも、口に出してるうちにホンマのことになるって」

「二年は二年ですげえ練習してるだろう。こっちと変わらないよ」それに、とツルは付け足した。「二年は十人いる。メンバーチェンジもいくらでもできる。こっちは五人で戦い切らなければならない。ハンデがありすぎるよ」

「一応、もう一人おんのやけどな」

「試合までに使えるようになると思うか？」

「ま、正直言って思わんね」モンキーが言った。「ウトウの運動神経の鈍さはひどいもんや。あんなノロマ、見たことがないで」

「そうだろう」

「ま、いないよりはマシやけどな。あの身長や。脅《おど》しにはなるやろ」

なるかもしれないし、ならないかもしれなかった。その辺は出たとこ勝負だ。

「おっしゃ、そしたらまたウトウを走らせてくるわ」

よろしく頼む、と言ってぼくはシュート練習を始めた。その日、百本目のシュートだった。

2

国分《こくぶ》学園のモットーは何かといえば、それはひと言で言って自由だ。自由な校風が売りのこの学校は、すべてが生徒の自主性に任される。そんな国分にも唯一、部活動についてルールがあった。中間、期末テストの間は部活動を停止しなければならない、というものだ。

これはどこの学校でも同じだろう。国分にもそれぐらいの常識はあるということだ。試験の一週間前から体育館などは使えなくなる。

当然、ぼくたちも部活をストップしなければならないのだけれど、ぼくは嫌だった。せっかく練習が軌道に乗り始めたのだ。たかが十日間ほどとはいえ、バスケから離れるなんて考えられなかった。みんなと話してみると、ウトウを除いて全員がぼくの意見に賛成だった。

「ええ調子に回ってる時に、突然休みやって言われてもな」

モンキーが言った。

そうそう、とツルがうなずいた。

「練習してないと不安だよ」

「うちの近所に公園があるんですよ」ドッポが口を開いた。「バスケ用のゴールもあるんです、そこ」

「広いのか？」

ぼくは訊《き》いた。まあまあです、という答えが返ってきた。

「よし、試験が終わるまではそこで練習しようぜ」

ツルが言った。メガネがおずおずと手を挙げた。

「何だ？」

「いや、三年女子は来るのかなと思って」

来ねえよ、というツッコミが四方から入った。

「そこまでつきあいよくないって」

そうなんだ、と淋《さび》しそうにメガネが言った。村井さんと会えないのでがっかりしているのだろう。恋の病《やまい》は重症だ。

「だけど、テスト期間中にそんなことしてるのがバレたら」ウトウが肩を震《ふる》わせた。「ヤバイことになっちゃうかも」

「バレないよ、そんなの」

ぼくは言った。でも、とウトウが不安げな顔になった。

「もしもの話をしてるんだ、もしバレたら……」

「そん時はそん時さ。なあ？」

「まあ、遊んでいただけですって言えばいいんじゃないのか？　部活動禁止とは言われてるけど、ボール使って遊ぶのまで禁止はしてないだろう」

ぼくの問いかけに、ツルが答えた。そりゃそうだろう。そこまで禁じてしまったら、自由の国分の名前が泣くというものだ。

「よっしゃ、そしたらこういうことにしよう。朝と昼のランニングは止《や》めとこ。学校の中で走ったりしたらバレバレやからな」

モンキーが言った。ほっとしたようにウトウがうなずいた。

「その代わり、授業が終わったらみんなで集合してドッポの言う公園に行く。そこで走るんや」

げっとウトウがうめいた。無視してモンキーが続けた。

「あとはいつもの通りの練習や。スリーオンスリーはもちろん、シュート練習もできるで」

「ナイター施設はあるのか」

ぼくは訊いた。さすがにそれはありません、とドッポが首を振った。

「まあいい。授業は三時頃には終わるだろ？　それから日が沈むまで練習できる」

いいな、とぼくは言った。オーケイ、という返事があった。あの、とメガネがまた手を挙げた。

「何だよ」

「……その、三年の女子を誘ってみるなんてことは……」

ダメだ、とぼくは言った。

「これはここだけの話だ。三年の女子なんかに話したら、どこでどうバレるかわからない。そうしたら二年との試合どころか、無期限の部活停止処分になるかもしれないぞ」

へえへえ、とメガネがうつむいた。まったく、どこまで恋してるんだ、こいつは。

「マジでやるの？　テストの時ぐらい休んだら？」

ウトウが言った。うるさいなあ、お前は、とモンキーが文句を言った。

「みんなやる気になっとんのや。何でそんなこと言うねん」

「いや、テストはテストで重要じゃないかと思ってさ」

「当たり前や。テスト勉強はする。せやけどバスケもすんねん」

「両立なんて難しいよ」

「そこをどないかすんねん。もういい、お前は黙っとれ」

少数意見を無視するのはどうかと思うな、とか何とか言いながらウトウが下を向いた。まあ、こいつはこんなもんだろう。

「よし、話は決まった」ぼくは手を前に出した。「頑張ろうぜ」

おお、とか、ああ、とか言いながら、みんながぼくの手の上に自分たちの手を重ねた。最後にウトウが妙にでかい手のひらを乗っけた。

「いくぞ、一、二、三」

「ダー！」

ぼくたちは手を空に突き上げた。やるぞ、やってやる。頑張るんだ。

3

期末テストが始まった。テストが始まってすぐわかったのだが、どうやらぼくはテストに向いていない性格のようだった。

いや、それじゃわかりにくいか。じゃあ、はっきり言いましょう。ぼくはテストが全然できなかった。

英国数その他すべてのテストにおいて、ぼくが赤点を取るのは火を見るより明らかだった。そんなことは中間テストの段階でもわかっていたのだけれど、今回は特にひどかった。何しろ、問題の意味さえわからないのだ。何を問われているのかさえさっぱりだった。

よく国分に入れたものだ、と我ながら感心してしまった。あの時はよほど運がよかったのだろう。もしかしたらぼくは、人生のすべての運を国分受験に使ってしまったのかもしれなかった。

テスト勉強をしていなかったわけではない。ドッポにノートを借りて全部コピーさせてもらった。ドッポはすごい男で、先生の言ったことをそのまますべて書いているのではないかと思えるぐらい、ノートはぎっちり文字で埋まっていた。しかも大事なところにはアンダーラインが引いてある。何ていい奴なんだ。当然、その部分を中心に勉強した。

そりゃ確かに一夜漬けだったかもしれない。その場しのぎだったかもしれない。だけど、ぼくはぼくなりに勉強したのだ。

それでも全然ダメだった。テストの時間中、ぼくは無力感を味わっていた。

ぼくがやったことといえば、例えば英語のテストでは五択の問題があったので、手製の消しゴムのサイコロを振っては出た番号を解答欄に記入するとか、そんなことだった。

他の科目もすべてそうだったけれど、選択問題についてはとにかく答えを書き入れた。あと、国語の漢字の問題はちゃんと書いた。どういうわけか、ぼくは昔から漢字の問題だけは得意だった。小学校の頃からだ。でも、それ以外はまったくといっていいほど答えられなかった。

結論から先に言えば、ぼくはクラスの平均点を著しく下げた。申し訳ないと思う。反省して謝罪したい。バカ王の名にふさわしい男だ、ぼくは。

とはいえ、そんなぼくにもいいことがあった。テストが終わればすべてを忘れてしまえる能力を、ぼくは持っていた。クラスのみんなが不安そうに、今やったテストの問題について話し合っている。

「あそこ、わかったか？」

「いや、難しいね」

「できなかったよ」

「ヤバイよ、おれ」

そんな声が聞こえてくる。だけどぼくは全然気にならなかった。できなかったのはわかっている。それはぼくの問題だ。誰のせいでもない。

ぼくが自分で責任を取ればいいだけの話で、例えば補習授業を受けたり、科目によってはレポートを出したりすることになるのかもしれないけど、そんなのは後で考えればいい話だ。今から心配したところでしょうがない。

だからぼくは、みんなのように暗い顔をすることはなかった。終わってしまったことなのだ。今更《いまさら》何ができる？　何もできやしない。だったら暗い顔をしてるより、笑ってる方が精神衛生的にもいいだろう。そんなわけで、ぼくはテストの間中、ずっと笑っていた。周りからは、ジュンペーはおかしくなってしまったようだ、と言われていたが、そんなこと気にもならなかった。

一日目のテストが終わり、それで学校も終わった。テスト期間中は午前中だけテストをやって、午後は解放される。そしてそこからがぼくの出番だった。ぼくはカバンを摑《つか》んで、ダッシュでドッポの教室へと向かった。テストが終わったらそこに集合と決めていたのだ。

ドッポは自分の席に座っていた。改めて見ると、やっぱりコイツはでかいなと思った。

「よう」

「あ、どうも」

ドッポがにっこり笑った。まだ誰も来ていないのかと訊くと、今のところは、という答えが返ってきた。

「何してんだ」

「まあ、じきに来ますよ」

「当たり前だ。来てもらわなくちゃ困る」

ジュンペーはホントにテストとか関係ないんだねえ、とドッポが言った。いや、そんなことはない。関係はあるぞ。

「だって、もうバスケのことしか考えてないでしょう?」

「そこはオンとオフさ。スイッチを切り替えて、次のことを考えないと」

「何言ってんだか。どうなの、テストは。ノートは役に立った?」

「おお、バッチリさ」

「だったらいいけど」

「そんな湿っぽい顔すんなよ」

「するよ。まだテストは三日も残ってるんですよ」

「明日のことは明日考えようぜ」

「それじゃ遅いって」

「いいか、斉藤家の家訓を教えてやろう。明日できることは今日するな、だ」

「この場合、その家訓は違うと思いますよ」

いきなり背中を叩かれた。振り向くとツルとメガネが立っていた。

「おお、来たか」

「そりゃ来るさ」

ツルが言った。メガネがうなずいた。

「モンキーとウドの大木はどうした」

ぼくが訊くと、ツルが首を振った。

「知らないよ。クラスも違うんだし」

「待ってりゃそのうち来ると思うな」

メガネが言った。ぼくは時計を見た。午後一時まであと十分。

「どうだった、テスト」

メガネがドッポに訊いた。まあまあかな、とドッポがうなずいた。

「英語が難しかったな」

「ヒアリング、できた？」

「うーん、うまく聴き取れなかったかも」

テストの話はやめろ、とぼくは言った。

「神経をバスケに集中させるんだ」

「その集中をまずテストに向けろよ」

ツルがぼくの肩を叩いた。だからそれはもう終わった話だろう。

「おれは過去には興味ないんだ」

「過去って、今さっきのことじゃないか」

「それでも過去は過去だ」

「何を難しいこと話しとんのや」

背中から声が降ってきた。モンキーの声だった。

「何が過去やねん」

「テストのことだよ」

ウトウはどうした、と訊くと、あそこにいる、とモンキーが教室の扉を指さした。ウトウが立っていた。

「放っといたら逃げると思って、あいつのクラスまで呼びに行ったんや」

「なるほど」

これで六人集まった、とぼくは言った。

「ほな行こうか」

「ボールは？」

「ウトウに二つ持たせてる」

準備は整っているということだった。よし、行こう、とツルが言った。

4

公園は、学校から三十分ぐらい歩いたところにあった。かなり大きな公園で、池なんかもある。妙に本格的な公園だった。よし、じゃあストレッチから始めよう、とぼくは号令した。

「まずは柔軟からだ」

ぼくたちは順番に腕と脚の筋肉を伸ばしていった。ストレッチといってもいろんな形がある。好きなようにみんなで体を動かした。あっついなあ、とモンキーが言った。

「見てみい、ちょっとしか動いてないのに、こんなに汗が出よる」

「夏だぜ。当たり前だろうが」

ぼくは言った。ぼくも背中の方から汗をかいていた。

「痛」

ウトウが叫んだ。何をしてるんだお前は。

「足が痙《つ》ったよ」

ウトウが泣きそうな声で訴えた。知るか、そんなこと。

「ふだん鍛えてないから痛くなるんだよ」

ツルが言った。その通りだろう。

「よし、じゃあ今度は二人ずつ組になって」

ぼくはツルと、モンキーはメガネと、ドッポはウトウとコンビを組んだ。

「手を伸ばして、爪先に手をつけるんだ」

あんまり強くやるな、とツルがささやいた。わかってますって。

「思い切りやれよ」

ぼくはみんなに声をかけた。ドッポが言われた通りウトウの背中を強く押した。

「痛い痛い」

「ガマンしろ」

「痛いってば」

「どれどれ、どのぐらい痛いんや」

メガネから離れてモンキーがドッポに手を貸した。悲鳴が響き渡った。

「痛い！」

警察に通報されるんじゃないかと思えるぐらい、でかい声だった。その辺にしとけ、とぼくは言った。

「野豚が殺されてると思われる」

「ぼくは豚じゃない」ウトウが泣いていた。「ぼくは人間だ」

「そうかな。見たとこ豚と変わらへんがな」

モンキーが軽くウトウの尻を蹴った。悲鳴が漏《も》れた。

「蹴るのはやめろ。イジメに見える」

ぼくは言った。イジメてへん、とモンキーが胸を張った。

「かわいがっとんのや」

「わかったわかった。それじゃ全員交替」

ツルがぼくの背中を押した。ぼくは体が柔らかい。楽勝で手が爪先に届いた。みんなもそれなりに一生懸命にやっているようだった。

「よし、じゃあボールを使って練習しよう」ぼくは指示をした。「ドリブルしてパス。それで交替。ドリブルしてパス」

バスケコートを一周したところで、次の相手にパスをするのだ。あとはその繰り返し。単調だけど、体慣らしにはちょうどいい練習だった。

「ほな行くで」

モンキーがドリブルしながら走り出した。ツルとドッポがその後を追う。いつものことながらモンキーは速かった。

あっという間にコートを一周して、ボールをメガネにパスした。メガネがスタートする。そう言ってる間にツルとドッポが戻ってきた。それぞれボールをぼくとウトウにパスする。ドリブルの始まりだ。

「アカーン！」

モンキーが怒鳴《どな》った。ウトウがボールを抱えながら走っていた。

「ドリブルしながら走るんや」

「そんなことできないよ」

「ドリブルやで？　簡単やないか」

「だって……」

「練習したやろ」

「でもできない」

簡単や、とモンキーがボールを取り上げた。

「ほれ、右手でボールをバウンドさせて」

「うん」

「ボールを弾《はず》ませながら走るんや」

やってみい、とモンキーが指示した。ウトウがボールを地面にバウンドさせた。

「できるやないか」

「走り出すタイミングがわからない」

「よっしゃ。ほな、教えたる」

言うが早いか、モンキーがウトウの右尻を蹴った。

「ほれ、このタイミングや」

「痛い」

「言葉で教えてもわからへんから、体で教えとるんやないか。ほれ、進め」

ウトウが前進した。ボールをドリブルしながら、一歩ずつ前に進んでいく。

「ほれ、いちいち止まらない。リズムで進むんや」

「蹴るのは止めてくれ」

「止めたらお前も止めるやろが」

「止めないから。ちゃんとやるから」

モンキー、とぼくは呼びかけた。

「何や」

「ウトウには無理だ。一人でやらせろ」

モンキーがウトウから離れた。ボールを抱きかかえたまま、ウトウがモンキーをにらみつけた。

「ウトウ、ちょっと来い」

ぼくは手招きをした。ウトウが体のわりに小さい歩幅でぼくの方に近づいてきた。

「今すぐみんなと横一列になっての練習は無理だ、それはわかるだろう」

「まあね」

「というわけで、お前はそっちのはしっこに行って、一人でドリブルの練習だ。心配するな、必ずうまくならせてみせる。ゴール下でのシュート練習もあとでさせてやる」

「マジで？」

「大マジだ」ぼくは言った。「ほら、あっち行って。一人でやってくれ」

わかった、とウトウがうなずいた。案外素直な性格なのかもしれなかった。

「よーし、じゃあシュート練習やろうぜ」

みんな集合、とぼくは声をかけた。四人が集まってきた。

5

テストの期間中、そんなふうにして過ごした。朝、登校してテストを受ける。午後、ドッポの家の近くの公園に集まって練習をする。日が暮れたら練習は終了。それぞれ家に帰る。帰ってからは翌日のテスト勉強だ。あっという間の四日間だった。

チャイムが鳴った。最後の物理のテスト終了の合図だった。教室がざわめきに包まれた。

「どうだった？」

「ゼンゼン」

そんな無意味な言葉のラリーを背に受けたまま、ぼくは教室を出た。いつものようにドッポのところへ行くためだ。ドッポの教室に着くと、もうみんなが集まっていた。早いな、とぼくは言った。

「おう、いいところに来た」モンキーが言った。「今、ちょっと話しとったんや。メガネ君からナイスな提案があったんやで」

「何だ、ナイスな提案って」

「あのさ」メガネが語り出した。「明日から四日間、試験休みだろ」

その通りだった。金土日月と学校は休みになる。それはぼくも知っていた。

「だからさ、その間合宿したらどうかなって思って」

合宿。なるほど、メガネにしてはナイスなアイデアだ。

「いいじゃないの、合宿」ぼくはうなずいた。「どこでやるんだ?」

「どこって……もちろん学校だよ」

メガネが言った。学校か。そうだよな、他に場所なんてないもんな。

「体育館で寝泊まりすんのや」モンキーが机を叩いた。「メシはどうにかなるやろ。コンビニもあるし、弁当は売ってる」

「トイレもあるし」ドッポが言った。「水道もあるから、顔を洗ったり歯を磨いたりすることはできる」

「風呂は?」

ツルが訊いた。銭湯《せんとう》がある、とモンキーが答えた。

「駅前にスーパー銭湯があるやないか」

「布団《ふとん》は? 寝るだけって言ったって布団は必要だぞ」

「器械体操部が使ってるマットがある」メガネがテキパキと言った。「あれを敷いて寝ればいい。あとはこの暑さだ。タオルケットの一枚もあればそれで十分だろう」

「親が何て言うかな」

ウトウが言った。そこは説得や、とモンキーがまた机を叩いた。

「別に集まって悪いことをするんとちゃう。バスケの練習するだけや。親も納得するちゅうねん」

それでさ、とメガネが手を挙げた。

「女バスの三年生にも声かけてさ。一緒に合宿するっていうのはどうかな」

なるほど、メガネの狙いがわかった。要は村井さんと一緒の時間を増やしたいということなのだ。エロメガネだなあ。

「声はかけてみるけどさ」ぼくは言った。「でも、一緒に合宿はしないと思うぞ」

「そうかな……そうかもしんない。でもいいじゃないか、誘ってみても。何も損することはない」

メガネが言った。大事なことを忘れてる、とツルが声を上げた。

「何だ、大事なことって」

「学校の許可だよ」ツルがみんなを順番に見た。「学校の施設を使うんだぜ。勝手なことはできないよ」

それもそうだ。ぼくたちは勝手に盛り上がっていたけど、やっぱりここは学校の許可が必要だろう。ツルはいつでも冷静だ。

「そんなら、学校の許可をもらいに行こうやないか」

モンキーが立ち上がった。どこ行くつもりだ、コイツは。

「本仮屋《もとかりや》センセーのところに決まっとるやないか。センセーはバスケ部の顧問《こもん》やで。センセーの許しがあれば万事オッケーやないかい」

そうだそうだ、とみんなが言った。よし、じゃあ今すぐ行こう、とぼくも立ち上がった。

「テストが終わったばかりだ。センセーも職員室にいるだろう。みんなで行こうぜ」

よっしゃ、とみんなが立ち上がった。ぼくたちはその勢いのまま教室を出た。

6

職員室というのは、あまり近づきたい場所ではない。用がなければなるべく顔を出したくないところだ。だけど、今回は仕方がない。合宿の許可をもらうという重大な任務があるのだから、入らないわけにはいかなかった。

「失礼しまーす」

ぼくはそう言いながら扉を開けた。先生たちがそれぞれの席に座っていた。

「どうもすみません」

なぜか謝りながら、ぼくは本仮屋センセーを探した。センセーは自分の席で何か書き物をしていた。真剣な横顔がとてもキレイだった。

「すいませんすいません。センセーすいません」

ぼくたちは机の間をくぐり抜けて、センセーの席に近寄った。どうしたの、とセンセーがびっくりしたような顔をした。

「テスト終わったばっかりじゃないの」

「はあ。それはそうなんですけど」

「わざわざ来たからって点数を甘くつけたりしないからね」

「そんなことじゃないんです」

「だったら何の用？」

実はですね、とぼくは口を開いた。

「バスケ部のことでちょっと……」

なあんだ、とセンセーが笑った。ナイスな笑顔だった。

「どうしたの？」

「ちょっとですね、合宿をしたいと思いまして」

「いつ？」

「明日からです。明日から四日間」

「またずいぶん急な話ね」センセーが眉《まゆ》をひそめた。「どこで合宿するつもりなの？」

「そりゃ学校ですよ」

ぼくは言った。センセーが苦笑いを浮かべた。

「ホントに計画性ないわね、あなたたち」

「そうすかね」

「当たり前じゃない。今日言いに来て、明日からですって？」

「ダメかなあ」

「ダメじゃないけど……急すぎるわ」

「そこを何とか」

ぼくはぺこぺこと頭を下げた。何だったら靴《くつ》でもなめたいところだ。いや別に変な意味ではない。

「あのねえ、ジュンペーくんたちは気にしてないかもしれないけど、学校には責任ってものがあるの」

「はあ」

「もし合宿中に誰かがケガでもしたらどうするの？　学校の責任になるのよ」

「そんなヘマしませんて」

「わからないじゃない」

センセーがそれだけ言って黙り込んだ。お願いします、とぼくたちは口々に言った。

「いいじゃないすか」

「危ないことしませんから」

「やらせてください」

「センセーの迷惑になるようなことはしません」

しょうがないわねえ、とセンセーが立ち上がった。

「ちょっと確認してくるから、待ってて」

「誰に確認するんですか」

「教頭先生」

マジか。でもセンセーはさっさと教頭のところに行って話しかけ始めた。どうなるのだろう。しばらくするとセンセーが戻ってきた。

「ねえ、いつから合宿するって言ったっけ？」

センセーが言った。明日からです、とぼくは答えた。

「明日から四日間」

「今聞いてきたんだけど、顧問であるあたしが責任もって面倒を見るなら、合宿してもいいって」

ぼくたちは拍手した。センセーが苦《にが》い顔になった。

「あーあ、あたしの四日間のスケジュールがメチャクチャだわ」

「センセー、予定あったの？」

「そりゃありますよ。あたしだってプライベートはあるんだから」

「ゴメンね、センセー」ぼくは頭を下げた。「だけど、運が悪かったと思って諦《あきら》めてよ。四日間、つきあってください」

「はいはい、わかりました。つきあいますよ」

ぼくたちは手を叩いた。静かに、とセンセーが言った。

「それじゃあね、毎日のスケジュールを作って、持ってきなさい」

「はい」

「とりあえず、明日は何時から始めるつもりだったの？」

しまった。考えてなかった。九時ぐらいかなあ、とツルが言った。

「それぐらいでいいんじゃないの？」

メガネがうなずいた。九時ね、とセンセーが言った。

「じゃあ、それから四日間分のスケジュールを作ってきて。そしたら、面倒見てあげるから」

わかりました、とぼくたちはそれぞれに頭を下げた。本仮屋センセーでよかった。ぼくたちは職員室を後にした。

7

スケジュール作りは簡単だった。とりあえず、初日だけは九時ということにしたのだけれど、翌日からは朝六時に起床することを決めれば、あとはそれほど難しくなかった。

朝起きてから一時間ほど朝食、七時から練習で、これが昼まで続く。昼十二時から一時間ほど昼食、そして休憩を取る。二時からまた練習。七時に終わる。七時からは夕食タイムで、その後スーパー銭湯に行く。何だかんだで十一時には寝床《ねどこ》に入ることになるだろう、というのが、ぼくたちの決めた大ざっぱなタイムスケジュールだった。

「食事がなあ」モンキーが言った。「毎日コンビニ飯《めし》やと思うと、ちょっと嫌になるな」

「しょうがないよ。自分たちで作るわけにいかないし」

ぼくは言った。学校には調理室があるのだけれど、そこを使うにはまた別の先生の許可がいる。それは面倒だったし、自分たちで作るというのもどうかと思っていたので、最初からそれは諦めていた。

「ドッポ、お前の姉さんに伝えてくんないか。おれたち合宿やるけど、最終日に試合してくんないかって」

「いいですよ」

都合、訊いてみます、とドッポが言った。

「ついでに、一緒に合宿しませんかって誘ってみてくんないかな」メガネが言った。「つまり、三年生の女子と一緒に、その……」

そんなにまでして村井さんと一緒にいたいのか。エロメガネの野望はとてつもなく大きかった。それも訊いてみます、とドッポが言った。

「けっこう金かかるよな」メガネが舌打ちした。「三泊四日の飯代だろ、スーパー銭湯代だろ、一日千円くらい使うんじゃないのかな」

「もっとかかると思う」ウトウが言った。「コンビニ弁当高いからね」

お金の話はするな、とぼくは言った。

「これは合宿なんだ。本当だったら宿泊費だって払わなきゃならないんだぞ。学校だからタダで泊まれるけど、そこまで考えれば安いもんさ」

まあ、そうだね、とみんながうなずいた。

「よし、じゃあこれをセンセーのところに持っていこう」

ぼくたちはまた職員室に向かった。扉を開くとセンセーは待っていてくれた。

「あら、早かったわね」

「スケジュールっていっても、こんな感じなんすけど」

先生がぼくたちの作ったメモに目を通した。朝七時、とセンセーが小さく叫んだ。

「あなたたち、何をしようっていうの」

「練習です」

「練習って……早すぎるわよ」

「だって合宿ですよ」

「そりゃそうだけど……朝七時にあたしにも来いって言うの？」

「いや、センセーは来なくていいです、もちろん」ぼくは言った。「センセーは昼頃顔を出してくれれば、それでいいですから」

センセーがしかめっ面《つら》になった。そんな顔をしてもセンセーはカワイかった。

「ジュンペーくん、わかってないわね」センセーが首を振った。「あたしはね、何かあった時のために、いつでもいなければいけないの。何かあったらっていうのは、例えばケガとか熱中症の時よ」

「はあ」

「もしあたしがいない時、そんなことになったらどうするつもり？」

「……そりゃ、とりあえず病院行きますよ」

「あなたたちだけで？」

「それは……そうっすね」

「ダメよ、そんなの。あたしがいない時の練習は厳禁よ」

どうする、とツルを見た。ツルが目配せをした。

「わかりました。じゃあ、練習は九時からにします」

「そうしてちょうだい」

「それに、休みももっと増やします」

ツル、大丈夫か、そんなこと言って。

「過激な運動はしません」

「そうね。そうしてちょうだい」

センセーがちょっと安心したように言った。じゃ、とにかくそういうことで、と
ツルが話を丸く収めた。

「じゃ、明日九時からということで」

「わかった。あたしも九時に来るから」

「よろしくお願いします」

そしてぼくたちは職員室を出た。おい、とぼくはツルの肩に手をかけた。

「いいのかよ、あんなんで」

「いいんだよ」ツルが言った。「センセーにはさ、センセーなりの立場ってものが
あるんだよ。それは尊重してあげないと」

「じゃあ、実際には？」

「朝六時に起きようじゃないの。朝っぱらから練習しようぜ」

やるなあ、とモンキーが口笛を吹いた。

「センセーの顔は立てつつ、やりたいようにやるっちゅうことか」

「そういうこと。頭は使わないとね。ジュンペーみたいに正攻法で攻めていっても、話はなかなかまとまらないよ」

そりゃそうだけど。それってウソついたってことじゃないか？

「物は言いようってことだよ。ウソも方便って言うだろ？」

「まあいいや。とにかく、そろそろ帰ろうぜ。今度は親の許しを得なくちゃならない。何てったって、おれたちはまだ高校生なんだ」

ぼくは言った。ぼくの親は自由主義だから、合宿すると言えば、ああそうか、ということになるだろう。でも、他のみんなの家の親がどう言うのかはわからなかった。

「よし、帰ろう。明日は九時だ」

ツルは言った。合宿かあ、とドッポが笑った。

「中二の夏以来です」

頑張ろうぜ、とぼくは言った。さあ、合宿だ合宿だ。気合を入れねば。

「頑張るぞー！　一、二、三」

「ダー！」

みんなも大きな声を上げた。夏の始まりだった。

合宿、そして練習……大変だなあ

1

ぼくは翌日の朝八時半に学校に着いた。ぼくが一番だった。何でも一番というのは気持ちがいいものだ。無人の体育館を一人で歩きながら、ぼくは昨夜のことを思い出していた。

親に合宿の話をすると、親父もオフクロも悪い顔はしなかった。実はこの二人は息子であるぼくが国分《こくぶ》に入ったということで、春からずっと浮かれているのだった。

「気をつけてね」母が言った。「ケガとかしないでちょうだい」

「飯《めし》はどうするんだ」

親父が言った。コンビニで弁当でも買うよ、と言うと、便利な時代だなあ、と親父がうなずいた。

「そういうわけでさ、ちょっと特別予算を組んでほしいわけよ」

　ぼくは両手を合わせて拝んだ。何よ、特別予算って、とオフクロが警戒したような目つきになった。

「ほら、毎日の食事代とかさ、銭湯《せんとう》代とかさ、ちょっと金が必要なのよ」

「そんなの自分のおこづかいの範囲内でやりなさいよ。お母さん、ちゃんと毎月お金あげてるでしょうに」

「そこを何とか！　お願いします！」

　どうする、とオフクロが親父を見た。うーん、と鼻からひとつため息を吐《は》き出した親父が、カバンから財布を取り出した。

「まあ、仕方がない。大事に使えよ」

　親父が一万円をぼくにくれた。ありがとうございます、とぼくはおおげさに礼をした。まあ、そんな感じだった。夜中にチームメイトたちにメールしてみたら、何とかみんなの家も両親の許しが出たようだった。よかったよかった。

　体育館の扉が開いた。ツルとウトウが立っていた。

「おいっす」

　二人ともリュックサックを背負っていた。ツルはともかく、ウトウがこんなに、真面目《まじめ》に来るとは思っていなかったので、少々びっくりしていた。

「だって九時って言っただろ」ウトウがむすっとしながら言った。「ぼくは時間は守る方なんだ」

「わかったわかった。さ、じゃあ三人揃《そろ》ったんだ。ストレッチしようぜ」

「ちょっと休ませてよ」ウトウが座り込んだ。「ぼく、朝ご飯食べてないんだ」

おや、そうですか。じゃあお好きにどうぞ。ウトウがリュックサックからアルミホイルに包まれたおにぎりらしき物体を取り出した。一個や二個ではない。並べてみると七個あった。

「朝からそんなに食うの？」

ツルがおそるおそる訊《き》いた。そうだよ、とウトウが答えた。

「知らないの？　朝ご飯はちゃんととらないと、早死にするんだよ」

そんな話を聞いたことはあるが、程度の問題だろう。七個って、おい。

ウトウが食べるのを待っていると、ドッポとモンキーとメガネがそれぞれやってきた。最後にメガネが入ってきた時には、九時半になっていた。ちょっと遅くないか。

「いや、悪い悪い」メガネが謝った。「だけどさ、親が張り切っちゃってさ、どうせみんな朝ちゃんと食べてきてないよ、全員分のお弁当を作るって聞かなくてさ」

メガネが荷物を広げた。タッパーに入ったいろんなおかずと、やっぱりおにぎりがいっぱい出てきた。

「断るのも悪いと思ってさ、それを待ってたら遅くなっちゃったんだ」

しょうがねえな、とぼくは言った。

「こんなにたくさん作ってもらってありがたいけど……食べ切れるかな」

「そんなこと言わないで、食べてくれよ」

メガネが言った。ぼくたちはそれぞれに手を伸ばした。ウトウもその中にいた。お前の食欲はどうなってるんだ。満腹中枢が壊れてるんじゃないのか。

「おいしいよ、この卵焼き」

無邪気な顔でウトウが言った。これではピクニックに来たようなもんじゃないか。

「さっさと食おうぜ」ぼくは言った。「食ったら少し休んで、即練習だ。遊びに来てるんじゃないぞ」

「わかっとるがな、ジュンペー」モンキーが笑った。「そやけど、まだ初日やで。最初からピリピリせんでもええんちゃうかな」

「四日しかないんだ」

「そないガミガミ言うなって。らしくないで」

まずは食おうよ、ジュンペー、とツルがぼくの肩に手をかけた。わかったよ。わかりましたよ。ぼくはソーセージを一本口の中に放り込んだ。

2

本仮屋《もとかりや》センセーは十時頃来た。学校には九時頃来てたそうだが、いろいろ用事があってこっちに来るのが遅くなったという。

「あなたたち、何をしてるの?」

センセーが言った。ぼくたちは思い思いの姿勢で横になっていた。要するに食べすぎだったのだ。

「ちょっと……休んでるんです」

ぼくは答えた。最初っから何よ、とセンセーがちょっと怒ったような顔になった。センセーはベビーフェイスなので、そんな顔をしてもカワイかった。

「あなたたちが合宿したいって言い出したんでしょ」

「ちょっと想定外のことが起きまして」

ツルが苦しそうに言った。何だかなあ、とセンセーが苦笑した。

「まあいいけど。じゃあセンセーは職員室にいますからね。何かあったらすぐ来てちょうだい」

「何かって何すか」

ぼくは訊いた。ケガとかよ、とセンセーが唇《くちびる》を尖《とが》らせた。

「気をつけてね」

「はーい」

「それにしてもここは暑いわね」センセーが額の汗を拭《ふ》いた。「何度ぐらいあるのかしら」

「まあ、三十五度以上はあるんじゃないですかね」

ツルが答えた。七月のど真ん中だ。外はかんかん照りだった。体育館には小さな窓しかない。風が通らないのだから、暑いのは当然だった。

「水分をとるのを忘れないで」

「わかってます」

じゃあね、とセンセーが体育館を出ていった。よし、とぼくは立ち上がった。

「練習すんぞ、練習」

はいはい、とか何とか言いながらみんなが立ち上がった。次はランニングだ、とぼくは言った。

「一時間、走るぞ」

「一時間も？」

ウトウが大きな声を上げた。うるさいんだよ、お前は。

「とにかく走るんだ。走ってスタミナをつける。こっちは六人しかいないんだぞ。そうそうメンバーチェンジはできないんだ」

よっしゃ、ほな走るか、とモンキーが飛び出した。その後をドッポとメガネが続く。ぼくも走り出した。

「おい、ドッポ」ぼくは走りながら言った。「姉ちゃんに訊いてくれたか」

「何の話ですか？」

ドッポが少しスピードを落とした。試合の話だよ、とぼくは言った。

「合宿の最終日、女子チームと試合がしたいって言っただろ」

「ああ、あれですか」ドッポがうなずいた。「オッケーです。相手になってあげるわとか言ってました」

「そりゃありがたい」

これは二年生も同じなんだけれど、ぼくたちは対外試合ができない。そして二年生のように十人メンバーがいれば、五対五に分かれて練習試合もできるのだけれど、何しろぼくたちは六人しかいなかった。

三対三のスリーオンスリーならできたが、やっぱりそれは試合じゃない。女子チームが相手をしてくれるというのは、本当にありがたいことだった。

「全員揃えるから、五対五でどうかって言ってましたよ」

ドッポが走りながら言った。なめられたもんだと思った。そりゃ確かに三年女子は強い。チームワークもとれている。インターハイ出場という経歴もある。だけど、女子はしょせん女子だ。馬鹿にしてるのではない。基礎体力が違うと言っているのだ。

早い話、平均身長だけでいえば、ぼくらのチームはウトウを合わせれば、百八十五センチほどだ。三年女子はどうか。百七十を超えるくらいと、悦子《えつこ》先輩は言っていた。十五センチ近い差は、バスケットボールという競技においてはとてつもなく大きい。

同じように、スピードやジャンプ力だってこっちの方が上だろう。五対五でやって、負ける要素はどこにもなかった。いくら一年生と三年生といっても、その差は絶対的なものだった。

でも、五対五でやりたいというのなら、その通りにしよう。負けて恥をかくのは、おねーさんたちの方なのだ。

「じゃ、それは任せると伝えておいてくれ」

「わかりました」

ぼくは背後を見た。一周走り終わったモンキーがウトウの後について、盛んに尻を蹴飛《けと》ばしていた。

モンキーにはモンキーなりのフラストレーションがあるのだろう。ウトウが、痛いとか、ギャーッとか言っている。まあいい。任せておこう。ぼくは再び走り始めた。

3

一時間走って十一時になった。小休止、とぼくは声をかけた。みんながそれぞれに座り込んだ。みんな汗びっしょりだ。

無理もない。さっきも触れたが、この体育館は小さな窓しかない。外の気温は三十度を超えているだろう。体育館内部の温度はおそらくもっと高い。体感温度で四十度を上回ることは間違いなかった。その中を一時間走り続けたのだ。疲れるに決まっている。

「水分とれよ」

ぼくは言った。みんなが自分の飲み物を手に取った。ぼくもそうだけど、水とポカリスエットのペットボトルを自宅から持ってきていた。

ぼくは水を飲んだ。ぬるい。超まずかった。でも仕方ない。ここは学校なのだ。冷蔵庫があるわけではない。

「何とかならんかな、これ」

モンキーが残り少なくなったペットボトルの水を頭からかけた。即席のシャワーだ。

「ロビーまで行けば、水飲み機はある。とはいえ、面倒だけどな」ぼくは言った。

「水があるだけありがたいと思えよ」

わかっとる、とモンキーが水を飲んだ。みんな頭から水をかぶったように汗をかいていた。

「暑いなあ」

ウトウがぼやいた。それは全員の感想だった。暑い。暑すぎる。

「どうしていつもみたいに校庭を走らないのさ」

ウトウが文句を言った。お前は一人前に喋《しゃべ》るなっつーの。

「中で走った方がスタミナがつくからな」ぼくは言った。「外でもいいさ。だけど風も通らない体育館で走った方がスタミナがつくんだ」

「試合になったらずっと走りっぱなしだからね」ツルが補足した。「これぐらい余裕で走れるようじゃなきゃヤバイって」

「そういうこと。さ、練習するぞ」

えー、マジで、ウトウが豚のように吠《ほ》えた。

「まだ休んで五分も経ってないじゃん」

「五分は経った」

ぼくは時計を見た。だから何で五分なんだよ、とまたウトウが文句を垂れた。

「そんなに長く休みを取ってると、立ち上がれなくなるぞ」

せやな、とモンキーが立ち上がった。

「何するんや」

「とりあえずボール使って、ドリブルから始めよう」

ぶつぶつ言ってるウトウは放っておいて、五人でボールを取りに行った。ボールを手にすると、改めてバスケをやってるんだなあと思った。

革《かわ》の匂い。ずっしりした感触。ぼくたちはボールをバウンドさせた。五つのバウンドが重なると、まるで打楽器を叩《たた》いているようだった。

「ぼくのボールは？」

ふらふらと立ち上がりながらウトウが言った。自分のボールは自分で取ってこんかい、とモンキーが怒鳴《どな》った。

「さて、どうする」

ツルが言った。三対三に分かれよう、とぼくはボールを指先で回転させた。

「三人がオフェンス、三人がディフェンスだ。シュートできなくてもいいから、とにかく相手ディフェンスを抜くこと、それが練習の目的だ」

ぼくたちはグーパーをした。ぼくとドッポ、メガネがひとつのチームになった。ツルとモンキー、そしてボールを持って戻ってきたウトウがもうひとつのチームになった。

「ジャンケン、ポン」

ドッポとモンキーがジャンケンをした。勝ったのはドッポだった。

「どうします?」

「オフェンスでいこう」ぼくは言った。「十分交替だ。いいな」

オッケー、とみんなが言った。

「いくぞ」

「おう」

背中で返事があった。ぼくはドリブルしながら前に出た。

4

午後になった。ぼくたちは学校の近所にあるコンビニへ行って、弁当と飲み物を買った。正直言って、食欲はあまりなかった。ただひたすらに喉《のど》が渇いていた。

モンキーなどは、二リットル入りのミネラルウォーターのペットボトルを買い込んでいた。ぼくはおにぎりを二つと麦茶のペットボトルを買った。みんなもそんな感じだった。

「ああ、コンビニは涼《すず》しいなあ」

メガネが言った。エアコンが心地好《ここちよ》かった。Jポップが流れている。

「このままずっとここにいたい」

ツルがつぶやいた。同感、とぼくもうなずいた。

「だけど、そんなわけにはいかない。わかってるだろ?」

「ああ。仕方ない」

ツルが肩をすくめた。そういうことだった。

「戻るぞ」

ぼくは号令をかけた。やたらハイカロリーな弁当を二つ買ったウトウを押すようにして、ぼくたちは学校へ戻った。

「今から一時間休む」ぼくは宣言した。「飯食ったら寝てもいい。何をしてもいい。とにかく休みだ」

うほほーい、とメガネが叫んだ。ウトウは既《すで》にひとつ目の弁当のラップを破っていた。

「よくそんなに食えるな」

「だってお腹空《なかす》いたんだもん」

ウトウが言った。だもんじゃねえだろ、だもんじゃ。

「何買ったんだ」

「焼き肉弁当とハンバーグ弁当」ウトウが言った。「それでも足りないぐらいだ」

「お前は食欲大魔神か」

ぼくはおにぎりをぱくつきながら言った。何やこれ、とモンキーが叫んだ。

「どうした」

「何か見慣れんものが……」

モンキーが指さしたのは、縦横三十センチほどの大きさの紙箱だった。ぼくたちが脱ぎちらかしていた私服の上に、それは置かれていた。

「何だろう」

ツルが首をひねった。開けてみろよ、とぼくは言った。

「別に爆弾が入ってるわけじゃないだろう」

それもそやな、と言ってモンキーが紙箱のフタを開いた。中に入っていたのは三十個ほどのおにぎりだった。

「何やこれ」

「……いわゆる、差し入れってやつじゃないかな」ツルが言った。「みんなで食べてくれとか、そういうことだろう」

「誰かな」ぼくは三十個のおにぎりを見つめた。「誰だろう」

「センセーだよ」

メガネが言った。本仮屋センセーのことだ。確かにその通りで、ぼくたちが今日から合宿を組んでいることを知ってるのは、センセー以外にいない。

「何だかんだ言って、センセーも気にしてくれてるんですね」

ドッポがうなずいた。そうなのかな、センセーなのかな。

「お、何かメッセージが入っとるで」モンキーが紙箱の中から一枚のメモ用紙を取り出した。「『ファイト！　一年生！』やて」

「他には何かないのか」

ぼくは聞いた。何もない、とモンキーが答えた。

「メモ一枚だけや」

「名前は？」

「何も書いてへん」

センセーだよ、とメガネが繰り返した。そうだろうか。どうもセンセーじゃない気がする。

「まあ誰でもいいや。とにかくいただき物なんだから、ありがたく食べさせてもらおうぜ」

ぼくは手を伸ばした。それより先にウトウの手が伸びていた。

「お前はまず弁当を食えよ」

「おにぎりも食べたかったんだ」

ウトウが真ん中辺りの一個をつかんで、ラップをとった。ひと口で食べ切る。テレビに出したいような食べっぷりだった。

ぼくは手に取ったおにぎりを見つめた。とても丁寧《ていねい》に握られているのがよくわかるおにぎりだった。三十個作るのは大変だっただろう。

いったい誰なのだろうか。ファイト、一年生。それだけのメッセージしか残さずにこんなことをしてくれるなんて、どんだけいい人なんだろう。

「残さず食えよ」

ぼくは言った。みんながうなずいた。

5

一時半。午後の練習が始まった。メニューはこんな感じだ。まずは軽いところから、フリースローの練習。ウトウを除いて、一人十本ずつ入れるまで続ける。

「ぼくもシュート打ちたいよ」

ウトウが不満の声を上げた。じゃあやってみろよと言うと、とんでもない方向にボールをシュートし始めたので、ツルがウトウについて教えることになった。初心者はこれだから大変だ。

それが終わると、次はレイアップシュートの練習だ。ボールをパスして、レイアップ。ボールをパスしてレイアップ。基本中の基本だけど、やっぱりやっておかなきゃならない。

続いてはジャンプシュート。これは二通りあって、完全フリー状態からのジャンプシュートと、ディフェンスがいることを想定してのジャンプシュートだ。

ディフェンスということになって、ようやくウトウの出番がきた。何しろこの男は、無駄に身長が百九十センチ以上ある。手を伸ばせば二メートルを大きく超えるのだ。ゴールとシューターの間にウトウが入ると、それだけでシュートは打ちにくくなった。

「ウトウ、お前もジャンプしていいんだよ」ツルが言った。「シュートしてきたら、そのボールをカットするんだ」

「カット?」

「とにかく、シュートされたら、ジャンプしてボールをはたくんだ」

やってみる、とウトウが言った。おお、やってみてくれ。少しは役に立つところを見せてくれ。

ウトウはシューターのツルとゴールの間に入った。ツルが盛んにドリブルをしている。ウトウは立ったままだ。

ツルが構えた。予想通りのことだけど、それはフェイントだった。見事にウトウが引っ掛かる。ジャンプ。手を伸ばす。一呼吸置いたところでツルがシュートした。ゴール。

「ずるいよ」

ウトウがわめいた。ずるくない、作戦だ、とぼくは言った。

「シューターはフェイントもしてくる。そのままシュートする場合もある。パスすることだってあるんだ。どんな場合でもついていけるようにしないとダメだ」

「相手の目を見るんや」モンキーが言った。「ゴールを見てるか、それとも他のプレイヤーを見てるか、それだけでもフェイントかどうかわかるもんやで」

「まあそう言うなって。初心者なんだから仕方がないよ」ツルは言った。「それより、もっと誉《ほ》めてもいいと思うな。あの身長だろ。シューターはシュート打ちにくいよ」

「そう？」

ウトウが上機嫌で言った。まあ、それも事実だった。オフェンスにはまったく役に立たないが、ディフェンスではそれなりに使える。それがウトウだった。

途中、要所要所で休みを取りながら、ぼくたちは練習を続けた。時間を気にしなくていいのが合宿のいいところで、いつまでもぼくたちはボールを追いかけ続けた。

ぼくはぼくで一生懸命練習した。オフェンスの時はいいのだけど、ディフェンスに回ると慌《あわ》ててしまうのが悪い癖で、だからそこに注意してバランスのいいプレイを心掛けた。

まだ一年生だし、体ができていないから、ダンクとか派手なプレイはできないけど、遊びでアリウープにはトライした。空中で摑《つか》んだボールをゴールに叩き込む荒業だけど、プロだってなかなかできない。わかっていたけど、チャレンジは必要だろう。いい気分転換にもなった。

センセーがやってきたのは午後六時ぐらいのことだった。集合しなさい、とセンセーが言った。ぼくたちは指示に従った。

「あなたたち、いつまでやってる気なの？」

「まあ、その辺はテキトーに」

ぼくが答えた。汗びっしょりじゃないの、とセンセーが母親のようなことを言った。

「いいかげんにしなさい。もう練習は終わりの時間よ」

「誰が決めたんですか」

「あたしよ」センセーが怖《こわ》い顔をした。「六時になったら練習は終わり。さあ、さっさと銭湯でも何でも行ってきなさい」

ぼくはみんなの顔を見た。まあいいところだろう、という顔をみんながしていた。

「じゃあそういうことにしますか」

「早く帰ってきなさい。今日はみんなのために差し入れ作ってきたから」

センセーが言った。ぼくたちの間から拍手が起こった。

「何ですか？」

ウトウが訊いた。それは後でのお楽しみ、とセンセーがウインクした。ちくしょう、センセー、カワイイぜ。

「でも、明日もあるとか思わないでよ。今日だけだからね」

「今日だけでもありがたいっす。センセー、ありがとう」

メガネが言った。あんまり期待しちゃダメよ、とセンセーが言った。

「とにかく、早くお風呂行ってきなさい」

「イエッサー」

ぼくたちは着替えの準備を始めた。ふとぼくは気になって、センセーのところに行った。

「センセー」

「なあに？」

「あのですね……お昼のことなんですけど」

「うん」

「センセー、ぼくたちにおにぎりの差し入れ持ってきました？」

ううん、とセンセーが首を振った。

「持ってきてないわよ」

そうすか、とぼくはつぶやいた。どうしたの、とセンセーが訊いたので、ぼくは昼休みの間に置いてあった三十個のおにぎりの話をした。

「へえ、そうなんだ、そんなことがあったんだ」

「そうなんです」

「でも、あたしじゃないわ。センセー、そこまで優しくないもの」

「いや、そんなこと言ってるわけじゃないんですけど」

あれじゃないの、とセンセーが言った。

「あなたたちのファンなんじゃないの」

「ファン？」

「あなたたち全員なのか、あなたたちのうちの誰かなのかはわからないけど、ファンがついてるんじゃないの」

　マジでか。でも確かに言われてみればそうだった。ああいうことはファンがするものだ。だけど、誰だろう。ぼくたちが合宿をするのを知っているのは、かなり限られた人間だ。

「まあ、応援してくれる人がいるっていうのはいいことじゃない」センセーがぼくの肩を叩いた。「励《はげ》みになるでしょ」

「そりゃそうですけど……でも、正体がわからないのって、ちょっとブキミだなって思って」

「まあ、えらそうに。いいじゃない、誰でも」

「おい、ジュンペー」背中でツルの声がした。「行こうぜ」

　ぼくは振り向いた。みんながリュックサックをかついでいた。

「行ってらっしゃい。一時間以内に戻ってくるのよ。それまでに用意しとくから」

　センセーが言った。よし、行くか、とぼくはみんなに声をかけた。おお、と返事があった。ぼくたちは体育館を後にした。

6

　駅近くのスーパー銭湯はそれほど混んでいなかった。ぼくたちはシャワーで汗を流し、汚れていた体をきれいに洗った。

のんびりお湯に浸かっているとすぐ一時間が経った。センセーをあまり待たせちゃいけないということで、ぼくたちは学校に戻った。遅かったじゃないの、とブツブツ言いながら、センセーがぼくたちを迎えてくれた。

センセーが用意してくれた差し入れとは、ハンバーガーのディナーセットだった。買ってきたものではない。センセー手作りの夕食だった。

「すげえじゃん、センセー」メガネが叫んだ。「おいしそうだなあ」

「サラダもあるのよ」センセーが言った。「バランスのよい食事をとらないとね」

「サラダもセンセーが作ったんか」

モンキーが手でレタスのかけらを口に入れた。そうよ、センセーがあんまり大きくない胸を張った。

「いただきまーす」ウトウがハンバーガーに手を伸ばした。「おいしいです、これ」

「いっぱい食べてね。一人三個あるから。残しちゃダメよ」

センセーが言った。ビッグマックほどもある大きさのハンバーガーに、みんながかぶりついた。

「マジ、うまいっすよセンセー」ツルが言った。「ホントに全部手作りなの？　信じられないな」

「センセー、いつでもお嫁に行けますね」

ドッポが微笑《ほほえ》んだ。ありがと、とセンセーがにっこり笑った。

「それが一番の誉め言葉だわ」

「センセーって、何歳なの？」

ウトウが二つ目のハンバーガーを頬張《ほおば》りながら訊いた。二十六よ、とセンセーが答えた。

「ズバリ訊きますけど、センセー彼氏とかいるの？」

メガネが言った。すごいことを訊く奴だ。センセーが腕を組んだ。

「プライバシーの侵害よ。答える義務はないわ」

「またそんなこと言って」ツルが笑った。「いるんだ。そうでしょ」

「いないわよ」

「マジで？」

「それが悩みの種なのよ。教師なんて案外出会いが少ないの」

まあそうだろう。何となく立場はわかる。そう簡単に合コンとかできない仕事だろうということは、想像がついた。センセーに彼氏がいないことがわかって、なぜかぼくはちょっと嬉しくなった。

「まあ、センセー。そんなにがっくりすんなよ」ツルがなぐさめた。「きっといい出会いがあるって」

「センセーもうないの？」

ウトウが言った。ウトウはもう三つ目のハンバーガーを平らげていた。

「サラダ食べなさい」

「野菜嫌い」

ワガママ言ってるとこうよ、とセンセーが手を上げた。暴力反対、とウトウが素早く逃げた。

「ウトウくん、これ食べなよ」ドッポが自分の分のハンバーガーを一個まるまるウトウに渡した。「ぼく、いいですから」

甘やかすなよ、とぼくは言った。

「ちょっと大きすぎて……食べ切れないから」

ドッポくんはホントに優しいね、とセンセーが言った。そんなんじゃないんです、とドッポが照れたようにうつむいた。ウトウは受け取ったハンバーガーにかぶりついていた。

7

夕食が終わったのは八時頃だった。ぼくたちはゴミを捨てに行ってから、また体育館に集まった。別にすることはない。あとはのんびりするだけだ。

早く寝るのよ、とセンセーが最後に言って、体育館を出ていった。さて、どうするか。

「こんなことになるんやないか思うてたんや」モンキーが言った。「おれ、ウノ持ってきてるんや」

おお、やろうやろうということになった。ウノはなかなか奥の深いゲームで、あっという間に数時間が過ぎた。いつまでやっていてもきりがない。十一時を回ったところで、ぼくはストップをかけた。

「朝は六時起きなんだ。早く寝ようぜ」

ぼくの指示でみんなが倉庫から器械体操用のマットを持ってきて、バスケットコートに敷いた。何となくちょっと汗くさかったけど、まあしょうがない。コートに直接寝るよりはマシだったので、みんな横になった。暑いので上には何もかけなかった。みんなTシャツと短パン姿だ。

「ウトウ、電気消してこい」

ぼくはそう言った。何でぼくなのさ、とウトウがまた文句を言い始めた。お前は練習の時にみんなに迷惑かけたろ、とぼくは言った。

「こんな時くらい役に立とうとは思わないのか」

まったくもう、とか何とかぶつぶつ言いながら、ウトウが体育館の電気を消しに行った。

「消すよ」

「おお」

急に辺りが真っ暗になった。非常用のグリーンの灯りがついているだけだ。ウトウが戻ってきた。

「静かだなあ」

ツルが言った。寝るぞ、とぼくは周りに向かって言った。もう寝るのか、とメガネがちょっと暗い声になった。

「どうした。何がある？」

「何となくさあ、物足りない感じがして」

「何だそりゃ」

「ジュンペーはさ」メガネが上半身だけを起こした。「好きな女の子とかいるの？」

いきなりディープなところへ問いが来た。ぼくはクラスの女の子たちのことを思い出した。うーん、どうだろう。なかなかピンと来る子はいない。

「今はなあ……別にいない」

「マジでか。お前、そんなのおかしいぞ」

メガネが言った。おかしくないだろう。ぼくらは高一で、まだ一学期も終わっていないのだ。女の子のことより、考えなきゃならないことはたくさんある。

「そんなこと言ってお前は……ああ、お前は好きな人がいるんだったな」

「村井さんだよ」メガネが堂々と宣言した。「ああ、村井さん村井さん」

変な声出すな、とツルが言った。まったくだ。甘ったるい声出しやがって。

「村井さん、いいよなあ。そう思わない？」

メガネが言った。どうなんだろう。村井さんは、確かに女子バスケ部の中ではきれいな方だ。ジャージと制服姿しか見たことはないけれど、着るものを着ればそれなりに見えるだろう。でも、メガネが興奮して言うほど美人とは思えなかった。

「ジュンペーにはわかんねえんだ。ああいうのを、大人の女性っていうんだよ」

メガネが言った。大人だろうか。村井さんは高三で、そりゃ確かにぼくたちよりかは大人だろうけど、そこまでの存在だった。だったらセンセーの方がよっぽどカワイイ。

「だめだよ、あんなババア」

メガネがわめいた。ババア呼ばわりはないと思うぞ。今日だって、ぼくたちのためにハンバーガーディナーを作ってきてくれたじゃないか。

「ババアはババアだって。村井さんの魅力がどうしてお前らにはわかんないのかね」

「わかんねーよ」

「女を見る目がねーな、ジュンペーには」

そうかなあ。そんなことないと思うけどなあ。

「もういいから寝かしてくれへんか」モンキーが低い声で言った。「つまらん話をいつまでもしてるなや」

「つまらなくない。これは重大な話だ」

メガネが言った。うるせーよ、とツルが突っ込んだ。

「もう寝ろって。明日六時起きなんだぞ」

「ああ、村井さーん！」

メガネが叫んだ。あまりのバカバカしさに、誰も相手にしなかった。気がつくと、ウトウのいびきが聞こえてきていた。

8

それから三日間。合宿は続いた。朝六時に起きて顔を洗い、体慣らしのためにラジオ体操と自分たちで編み出したストレッチをやり、くそ暑い体育館の中を一時間走る。

それからボールを使った練習をし、スリーオンスリーを何回も繰り返し、少しでもうまくなろうと努力した。うまくなったかどうかはわからない。でも、スタミナがついたような気がしていた。心身共にタフになった感じだ。

本仮屋センセーは時々様子を見に来た。ぼくたちがオーバーワークになっていないかどうかを、心配しているようだった。

二日目以降は差し入れを持ってきてはくれなかったけど、とにかく四日間の合宿につきあってくれた。素直に感謝したい。

最終日、ぼくたちは少し早めに午前中の練習を終えた。午後一時から女子バスケ部の三年生が練習試合をするためにやってくる。それを迎えるために、練習を早めに切り上げたのだ。

「飯、食っておかないとな」

ツルが言った。そうそう、とウトウがうなずいた。ぼくたちは、Tシャツと短パンというスタイルでコンビニへ向かった。あれこれと弁当を選び、レジに並んだところで、ぼくは財布を忘れてきたことに気づいた。間抜けだなあ。

「貸してやろうか？」

メガネが言ったけど、どうせ走って二分の距離だ。ぼくは体育館に戻ることにした。じゃ、マンガでも読んで待ってるよ、とみんなが言った。すまんすまん。

ぼくは走って体育館に戻った。ドアを開けようとして、中に人がいるのに気づいた。誰だろう。センセーだろうか。

中を見ると、そこにいたのは女の人だった。顔がよく見えない。ジャージを着ている。生徒のようだ。その時、女の人が顔を上げた。それは村井さんだった。

(村井さん?)

何をしているのだろう。ぼくは中をのぞき込んだ。

村井さんが大きな紙の箱を、ぼくたちのカバンとかが置いてあるところに、そっと載せたのがわかった。その箱には見覚えがあった。初日、昼にぼくたちがコンビニに行っている間に置かれていた紙箱と同じものだった。

ということは、あのおにぎりの差し入れは、村井さんが届けてくれたものだったのだ。そうだったのか。ぼくは村井さんの様子をじっと見ていた。村井さんがぼくたちのジーンズに手をやった。おいおい、それってマズイんじゃないのか。

すぐに村井さんは目的のジーンズを発見したようだった。お尻のポケットに何かを入れた。ちょっと拝むような姿勢になって、それから体育館の別のドアを抜けて外に出ていった。

今のは何だったんだろうか。ぼくは真相を探り出すため、体育館の中に入った。気分はすっかりCIAだった。

村井さんが持っていたのは、とぼくはジーンズに手をやった。村井さんがポケットに何かを入れたジーンズの持ち主は、ツルだった。それは、いつもツルが愛用していたダメージジーンズだったので、すぐにわかった。

（何を入れたんだろう）

ぼくはポケットに手を突っ込んだ。出てきたのはお守りだった。どこかの神社で買ってきたのだろう。表に『必勝』と書かれていた。どういうことなのか。ぼくは想像を巡らせた。

おそらく、村井さんはそれがツルのダメージジーンズであることを知っていた。知っていて、そこにお守りを入れたのだ。その意味するところは考えなくてもわかった。

いや待て。ホントにそうだろうか。そうなのだろうか。そうだとしたら、これは大変なことだ。

確かにツルはぼくたちの中でもイケメンな方だ。体のバランスもいい。ぶっちゃけ、なかなかカッコイイ男ではあった。でも、二年も上の女子の先輩から好意を持たれるような、そんな男だろうか。

いや、でも確かにそうだ。このお守りはウソじゃない。村井さんの想いがつまったお守りだった。

（言えない）

誰にも言えなかった。もし村井さんの気持ちがツルにあることを知れば、とりあえずメガネは落ち込むだろう。しかも、完全に。

それは、もしかしたらチームがチームとして機能しなくなるかもしれないほど、重大なことだった。メガネは足も速い。フットワークもいい。必要なプレイヤーだった。

これが、例えば三年生の男子の恋人がいるとか、そういうことだったらまだメガネも耐えられるだろう。生まれてくるのが二年遅かった。そう思って諦《あきら》めてくれたかもしれない。

ところが、そうではないのだ。村井さんは年下好みで、自分にもワンチャンスあったと知ればどうだろう。ツルに対する気持ちは複雑なものになってくるはずだった。

とにかく、これはぼくだけの秘密だ。しばらくの間は黙っておこう。少なくとも、二年生との試合が終わるまでは絶対に言えない。そういうことだ。

ぼくは自分のリュックを開けて、財布《さいふ》を取り出した。えらいこっちゃえらいこっちゃというつぶやきが、自分の口から漏れていた。それから、コンビニへ走って戻った。遅いよ、とウトウトがぼくの顔を見るなりそう言った。

「何してたんだよ。ぼくのお弁当が冷めちゃうじゃないか」

悪かった、とぼくは素直に謝った。ぼくがウトウに謝るなんて、めったにないことだった。

「どうした、ジュンペー。何か顔色が悪いぞ」

ツルが言った。誰のせいだと思ってるんだ。全部お前のせいなんだぞ。

「今、何時だ？」

メガネが誰にともなく聞いた。十二時ちょうどや、とモンキーが答えた。

「それが何なんや」

「いや、あと一時間になるなあって思って」

「何がや」

「村井さんに会えるまで、あと一時間なんだなあって」

メガネよ。そんなに村井さんにこだわる必要はないんじゃないかな。ていうか、忘れろ。すべて忘れてしまえ。

「ジュンペー、早く弁当買え」

ツルが言った。ああそうだ。その通りだ、弁当を買おう。

「何かおかしいなあ、ジュンペーは」メガネがぼくの肩に手を置いた。「どうしたんだ？」

「いや、何もない」

別に。何も。何もなかったのだ。そうだ。誰も悪くない。ぼくもすべてを忘れよう。繰り返す。何もなかったのだ。

ぼくは弁当を買った。温めますかと言われたけど、いいです、とぼくはなぜか断っていた。

「さあ、早く戻ろうぜ」メガネが言った。「ああ、村井さんに会える」

そうだな、メガネ。お前の言う通りだ。お前は村井さんに会える。それは間違いない。だけど、そんなことは何の意味もないのだ。

「行こうぜ、ジュンペー」

ツルが言った。そ、そうだな。行こうか。とりあえず、ぼくは足を踏み出した。何となく足取りがギクシャクしていた。

八月になってしまった……やらねば

1

合宿が終わった。

最後の締《し》めくくりは女子バスケットボール部三年生との練習試合だった。一応男女という要素を考慮に入れて、五人対六人という変則的なルールでやったのだけれど、八十三対八十でぼくたちが勝った。何だ、やればできるじゃん。

というわけで、ぼくたちは意気揚々《ようよう》とそれぞれの家に帰った。他の奴らがどうだったかは知らない。ぼくは初めて女子チームに勝った嬉《うれ》しさで、爆発寸前だった。

久しぶりに夕食を家でとった。いつもは思わないことだが、やはりコンビニ飯《めし》よりはオフクロの作ったご飯の方がおいしい。ぼくは素直に感謝の意を表した。

「それはいいけど、あんた明日登校日でしょ」

オフクロが言った。国分《こくぶ》学園高校には期末テスト休みの後、登校日というものがある。ぼくは初めてだからよくわからないが、クラスの連中に言わせると、とんでもないことが起きるのだという。それはつまり、教師とのマンツーマンの面接のことだった。テストの結果について、いろいろ話し合うのだ。

テストの成績がよかった者にとっては、別に何でもない。中には何も言われず、このまま頑張れとか、それだけで終わってしまう者もいるという。だが、ぼくに関していえば、それで終わりになるはずもなかった。テストの出来は自分自身が一番よくわかっている。赤点だらけだろう。

まあ、いいじゃないの。確かにテストの点数は大事だが、世の中にはもっと重要なことがある。

「例えば？」

オフクロが言った。例えば。例えば、バスケのこととかだ。

「そんなことないでしょ」オフクロが怖《こわ》い顔になった。「あんたは高校一年生なのよ。テストより重要なことなんてないでしょ」

「なくないよ」ぼくは言った。「もっと大事なことっていっぱいあるんじゃないかな。真面目《まじめ》に生きるとか、思いやりを忘れないとか」

「ジュンペー」

「老人には席を譲《ゆず》るとか」

何、馬鹿なこと言ってんの、とオフクロが苦笑した。

「そんな調子で先生と話すんじゃないでしょうね」

「んなわけないだろ。真面目にやりますよ」

「まあ、あんたは自分自身がどんなにダメ生徒か、わかった方がいいわ」

「言うほどダメじゃないかもよ」

「そんなわけないでしょ」

「だって、国分に入ったんだぜ、オレ」

「運がよかっただけじゃない」

それはまあ、その通りなんですけど。でも、運も実力のうちってよく言うじゃない。

「あんたの場合は違うわよ。本当にラッキーだっただけ」

はいはい、わかりました。ぼくはそれ以上聞いていると、話が面倒くさくなるだけということを経験としてよく知っていたので、ごちそうさまと言ってリビングを出ていくことにした。オフクロも強いて止めようとはしなかった。部屋に戻るとケータイがチカチカ光っていた。メールだ。

ぼくはボタンを押した。ツルからだった。明日、練習はするのか、という確認メールだった。ぼくはツルに電話をすることにした。いちいちメールの文章を考えるのが面倒だったからだ。

「もしもし」

「ああ、ジュンペーか」

ツルはすぐ電話に出た。ツルもまた、家で飯を食っていたのだろう。

「今、いいか」

「いいよ」

「明日の件だけど、当然練習はするよ」

「朝から？」

「そうだよ。何でだ」

「いや、登校日ぐらい真面目に勉強と向き合った方がいいんじゃないかって」

「勉強にも向き合うし、バスケにも向き合うよ」

「ま、ジュンペーはそう言うと思ったけどね」

「悪いか」

「いや、それぐらいキッパリしてると、むしろ潔《いさぎよ》くていいよ」

「それは誉《ほ》め言葉か？」

「そう思ってもらえるとありがたい」

ぼくはベッドにひっくり返った。

「明日は朝から走る。それから個人面談をやって、終わり次第練習だ」

「そううまくいくかな」

「どういう意味だ」

「先輩の話だと、長引く奴はとんでもなく長引くらしいぞ」

「うん、聞いてる」

「みんながどうかわからないけど、遅くなる奴もいるんじゃないかな」

「それはぼくのことを言ってるのか？」

「いや、そうじゃない」ツルが笑った。「自分も含めてさ」

「お前は大丈夫だろうよ」

何でもそうだが、ツルは勉強もよくできた。中間テストの成績を訊《き》くと、学年内でもトップクラスだったという。ぼくと同じでバスケしかやってないはずなのに、この差はどういうことなのだろう。

「遅くなるとしたら、ぼくの方だろうさ」

「まあ、深くは聞かないよ。すべては自己責任だからな」

「そういうこと。ツル、みんなに伝えておいてくれ。明日は朝八時からグラウンドを走るって」

「メールしとくよ」

じゃあな、と言ってツルが電話を切った。明日か。明日はどんなことになるのだろう。考えていても仕方がない。ぼくは風呂に入る準備を始めた。

2

翌朝、八時に全員がグラウンドに集まった。みんな、ちょっと疲れた顔をしていた。まあ、しょうがない。

「走るぞ」

ぼくは走り出した。みんなが後からついてくる。ジュンペー、とウトウが横に並んだ。

「おう、どうした」

「聞いてくれよ。ぼく、この四日間の合宿で、五キロも体重が落ちたんだ」

「マジでか」

「マジでマジで」

四日で五キロというのは、なかなかすごい。元が無意味な脂肪《しぼう》のカタマリだったとはいえ、立派なものだ。

「よかったな。この調子で絞《しぼ》っていけば、百キロを割る日が来るかもしれないぞ」

「うん、ぼくもそう思う」

「今、何キロなんだ」

「百五十七キロ」

「よし、この夏一気に百を切ろう」

「一気には……難しいんじゃないかな」

ウトウが首を振った。かわいくないポーズだった。それからもぼくたちは走り続けた。八時五十分、ぼくは時計を確かめてからストップをかけた。

「走るの止《や》め……ストップストップ」

「どないしたんやジュンペー」モンキーが言った。「まだ九時前やで」

メガネが肩をすくめた。それはそうなんだけど、とぼくは全員を指さした。

「見てみろよ、この汗。そんな格好《かっこう》で先生との面談をやるわけにもいかないじゃないか」

「まあ、そうや。着替えんとな」

モンキーが言った。だからだよ、とぼくはうなずいた。

「早めに終わって、面談に備えよう」

ジュンペーからそんなセリフが出てくるとは思わなかった、とツルがつぶやいた。いいじゃないか、ぼくだってたまにはまともなことを言うのだ。

「面談が終わり次第、体育館に集合。練習をしよう」

「だいたい何時ぐらいになるのかな」

ツルが言った。さっぱりわからん、とぼくは答えた。

「ただ、わかってることがひとつだけある。ぼくは絶対に遅い。遅くなる。すまん」

「何でですか」

ドッポが訊いた。

「成績が悪いからだよ」

ぼくは言った。文句あるか。ゴメン、とドッポがうつむいた。いや、そこで素直に謝られても。

こいつは悪気がないだけタチが悪い。

「とにかく、そういうことだ。質問はないな？　では解散」

ぼくたちはとぼとぼと歩いてそれぞれの教室に向かった。ぼくたちには部室がない。着替えは女子もいるので、トイレでしなければならなかった。

「絶対二年生との試合に勝とう」ぼくは手を前に出した。「そして部室を使えるようになるんだ」

「そうだね」

ツルがうんうんと何度もうなずいた。

「勝とう。勝ってからすべてが始まる」

ぼくは自分自身の言葉にうなずいていた。勝たなければ。勝たなければ、何も始まらない。

「勝つって、いい言葉ですね」

ドッポが言った。みんなが真剣な顔になった。

3

ホームルームが始まった。

担任の中根先生は、明日の終業式についての説明をした。別にたいしたことではない。何時に始まって段取りがどうで、終わるのは昼ぐらいだろうということだった。別に普通の高校と変わるところはない。普通の終業式が行なわれるようだった。

「さて、明日が終われば夏休みだ」

中根先生が言った。イエーイ、とみんなが拍手した。

「まあ、くどく注意はしない。君たちにとって高校生活初めての夏休みだ。浮かれて馬鹿な真似《まね》をする奴もいるだろう」

先生が辺りを見回した。みんなが真面目な顔を作った。

「まあ、それもいい」先生が驚くような言葉を発した。「それも君たちの個性だ。学校は個性を尊重する」

自由が売りの国分学園だが、そこまで言うだろうか。ぼくは自分の耳を疑った。どうしてこんな学校が全国でも有数の進学実績を誇り、クラブ活動ではインターハイの常連校なのか、ぼくにはさっぱりわからなかった。

「まあ、これは個人的な意見だけど、高校生にとって大事なのは、勉強はもちろんのことだが、よく遊ぶことだと思っている。夏休みぐらい遊んだらどうか、まあ、そんな感じだ」

まあ、を連発しながら中根先生が言った。先生は高校生の時遊んでたんですか、と青木という生徒が質問した。

「いや、正直言ってあんまり遊んでなかったな」先生がしかめっ面《つら》になった。「ちょっと後悔している。もっと海でも何でも行っておけばよかったってな」

つくづく変わった学校だ。こんな話をしているのは、中根先生だけではないのだろう。

「ひとつだけ注意をしておくと、危険な真似はするなということだ。自分の限界を見極めて、能力以上のことはするな。それだけだ」

先生が言った。はーい、とぼくたちはうなずいた。

「さて、それでは以上だ。何か質問はないか」

誰も何も言わなかった。よろしい、と先生が手をひとつ叩《たた》いた。

「では、国分名物個人面談に行くことにしよう」

おお、とどよめきが起こった。みんな噂《うわさ》を聞いているのだ。

「まずは森田暢子《ようこ》、職員室へ来い。他のみんなは自分の順番を待つように。自分の番が終わったら帰っていい。明日は遅刻をするなよ」

森田暢子が不安そうな表情のまま立ち上がった。自分のバッグを持って中根先生の後に従った。先生たちが出ていった後、ぼくたちはひそひそ話をした。

「何で森田なんだ」

「知るか」

「どういう順番なんだ」

「名簿順じゃないのか」

「聞いた話なんだけどな」

こういう時には、必ず事情通が現れる。話し出したのは岡野という男子生徒だった。確かソフトボール部だったはずだ。

「呼ばれるのは、期末テストの成績がよかった順番らしい」

「何でだ」

「成績がいい奴には、そんなに話すことがないからだろ。長々と待たずにいいってことだ」

「わからんね。長々と待ってってどういうことだ」

「ま、そのうちわかるよ」

岡野、とみんながブーイングを浴びせた。

「ちゃんと説明しろよ」

「そうだそうだ」

「いや、オレだって先輩からちょっと聞いただけだし」岡野が言った。「わかんないこともあるんだよ」

「それでもいい。情報をよこせ、情報を」

みんながわめいた。その時、いきなり教室の扉が開いた。立っていたのは森田暢子だった。

「新島《にいじま》くん、職員室に来いって先生言ってたよ」

おお、とみんながまたどよめいた。おれ？　と新島が自分を指さしながら立ち上がった。

新島のことはよく知らない。一学期の間、同じクラスにはいたけれど、ほとんど会話をしたことはなかった。目立たない普通の生徒だ。新島が出ていった。みんなが森田暢子を取り囲んだ。

「どんなこと訊かれた」

「何があった」

「早いんじゃないのか」

全員が一斉《いっせい》に質問をぶつけた。森田暢子が首を振った。

「何にも言われなかった」

「何にも？」

「うん、何にも。ただ、今の調子で頑張れって、それだけ」

マジかよ、と女子生徒の一人が言った。まったくだ、マジかよ。

「お前、そんなにテストの成績よかったのか」

質問が飛んだ。まあまあよ、と森田暢子が照れながら答えた。

「じゃあさ、呼ばれた順番でクラス内の順位がわかるってこと？」

女子の一人が言った。そういうことなのだろう。うわ、冗談じゃない。シャレにならんぞ、それ。どうする、オレ。

「すごい学校だ」

誰かが言った。まったくだ。どうなることやら。ぼくは目をつぶった。

4

最初のうち、生徒の出入りは早かった。数分単位で一人出ていっては、すぐに戻ってくる。そういう生徒たちは、何も言われなかったと報告した。森田暢子じゃないけれど、このまま頑張れとか、それぐらいのことだ。

だが、半分を過ぎた辺りから、生徒の戻ってくるスピードが、がくっと落ちた。一人十分ぐらいは当たり前だ。帰ってきたそいつらに訊くと、成績がよくなかった科目について、注意されていたのだということだった。

（マジかよ）

どんどん時間が長くなってきている。待っている生徒たちも、口数が少なくなってきていた。

（ビリは避けたい）

考えていたのは、皆同じようなことだっただろう。ビリだけは嫌だった。こんなぼくでも、どんな顔をして二学期のかけらはある。クラスで一番のバカだということになったら、どんな顔をして二学期を迎えていいのかわからない。

だが、結果は残念なものだった。最後に残ったのはぼくと西浦という男だったが、呼ばれたのは西浦の方が先だったのだ。バカ王はぼくだった。

「じゃあ、お先に」

西浦が言った。ちょっと笑っていたような気もする。何だかなあ。それから、一人ぼっちのまま二十分待った。西浦が戻ってきて、ジュンペー、呼んでるぞ、と言った。

ぼくは職員室へ向かった。気がつけば、もう四時を回っていた。職員室の扉を開けると、疲れた表情の先生たちがそこにいた。ぼくは中根先生のところに行った。

「先生」

「ジュンペーか。まあ、座れ」

「はい」

ぼくは言われた通り座った。中根先生が頭を上げた。

「もうわかっていると思うが、ジュンペー、お前はクラスで一番成績が悪い」

「はい」

「しかも、率直《そっちょく》に言えば、学年でもダントツに悪い。お前はビリだ」

そうなのか。ぼくってそこまでひどかったのか。少し反省した。

それから先生の説教が始まった。英国数そのほかすべての科目についてダメ出しされた。ぼくは、ただ聞いているだけだ。先生がひとつひとつの答案用紙をぼくに突き付けて、問題点を列挙する。その繰り返しだった。

「おれはな、ジュンペー。テストの成績がすべてと思っているわけじゃない。人生にはもっと重要なことがある。だがな、さすがにお前に関しては言う言葉がない」

先生が言った。言う言葉がないのだったら、黙っていてほしいものだ。

だが、それからも先生の説教が続いた。ぼくは自分がサンドバッグになったような気がしていた。嵐のような三十分間が過ぎた。ぼくは頭《こうべ》を垂れて、ただ時が過ぎるのを待った。

「まあな、ジュンペー」先生が顔をこすった。「誰にでも得手不得手《えてふえて》はある。お前の場合、極端に勉強が苦手《にがて》だということだ」

「はい」

「わかったら少しは勉強するように。今からだったらまだ間に合う。高校生活はまだ二年半も残っているんだ」

「はい」

「よし、以上だ。わかったら帰っていい」

「はい」

「返事だけはいいな」

「はい」

行け、と先生が出口を指さした。ぼくはひとつ礼をしてから、職員室を出た。

(はあ)

ため息が漏《も》れた。疲れ切っていた。時計を見た。五時。

(とりあえず、体育館へ行くか)

みんなはまだ練習をしているだろうか。わからないけど、とにかく行ってみるしかない。体育館までの道は長く感じられた。いつもとは全然違った。

ぼくは扉が開きっぱなしになっている体育館の中を見た。ツルたちがいた。全員揃《そろ》っていた。

「お、ジュンペーや」モンキーが言った。「どないしてん」

「遅いぞ」ツルがボールを投げてきた。「相当やられたな」

「やられたよ」

ぼくはボールを受け取ってドリブルを始めた。弾《はず》むボールの感触。そうだ、ぼくにはこれしかない。

「どうする。そろそろ止めようかって話してたんだ」

メガネが言った。ぼくは指を一本立てた。

「わかった。じゃあ、あと一時間だけやろうぜ」

しょうがないねえ、とツルが笑った。

「ジュンペーがそう言うんなら仕方がない。やりますか」

「スリーオンスリーやろうぜ」メガネが言った。「チーム分けしよう」

せーの、とぼくらはグーパーをした。

5

夏休みが始まった。ぼくたちは本仮屋《もとかりや》センセーに頼んで、毎日体育館を借りられるようにした。毎日というのは本当に毎日で、土曜も日曜もない。そういうスケジュールだった。センセーは、体育館の方は大丈夫だけど、と言いかけてぼくを見た。

「何すか?」

「ジュンペーくん、こんなこと言いたくないけど」

「あ、だったら言わなくていいっす」

「ちゃんと聞きなさい。あなた、バスケなんかやってる場合なの?」

「……とりあえずは」

「とりあえずも何もないわよ。あなた、自分の英語の点数知ってるの?」

センセーは英語のセンセーだった。はあ、とぼくは答えた。

「確か……六点だったと思います」

「あなたねえ、落ち着いたこと言ってるけど、百点満点のテストよ。六点なんて信じられないわ」

センセーが暗い表情になった。こんなことを言ってる場合ではないのだが、なかなかセクシーな表情だった。

「ちょっと調子が悪くて……」

「ちょっとじゃないわよ。重症ね」

　あらま。そこまで言わなくてもいいんじゃない？

「あるわよ。言っとくけど、学年の平均点は六十一点よ。何よ六点なんて。英語のことバカにしてるの？」

「してません、してません」

「とにかく約束しなさい。次の二学期の中間試験で、英語は少なくとも平均点を取るって。そうじゃなきゃ部活禁止よ」

「そんな無茶な」

「無茶じゃない。ジュンペーくんの方がよっぽど無茶苦茶よ。こんな成績で大学行けると思ってるの？」

「ぼくはバスケ推薦《すいせん》で大学行きますよ」

「何言ってるの。まだちゃんと部員にもなってないじゃない」

「だから、練習するんじゃないすか」

　行きなさい、とセンセーが手を振った。

「あなたと話してると頭が痛くなってくるわ」

「体育館の件、頼みましたよ」

わかったわかった、とセンセーがまた手を振った。職員室を出るとみんなが待っていた。どうだった、とツルが訊いた。

「たぶん大丈夫だろう」

「ずいぶん話が長かったじゃないか」

「テストのことで、ちょっとな」

ぼくは言った。ああ、なるほど、とみんなが目を伏せた。おいおい。

「さあ、とにかく今日からバスケに専念だ。休みはないぞ」

「わかってる」

ウトウが言った。こいつもこいつなりに真剣なのだなと思った。

「そして八月三十一日には、二年生たちと勝負だ」

「おお」

みんなが拍手した。

「勝つぞ」

「おお」

「勝って、正式な部員になるんだ」

「でも」メガネが不安げな声を出した。「勝てるかなあ」

「ダメだって、そんなネガティブな考え方したら」ぼくは言った。「勝つんだよ、絶対」

　でもねえ、とメガネが首を振った。そこでぼくは奥の手を出すことにした。

「メガネ、勝ったところを村井さんに見せたいと思わないか」

「そりゃあ……」

　メガネが照れたようにうつむいた。ゴチャゴチャ言うな、とぼくは怒鳴った。

「勝つと言ったら絶対勝つ！」

　納得したのかしてないのか、とにかくメガネがうなずいた。ぼくは手を差し出した。みんながその上に手を重ねた。

「頑張るぞ」

「おお」

「いくぞ、一、二、三」

「ダー！」

　そのままの勢いでぼくたちは走り出した。夏が始まった、と思った。

6

　練習のメニューはだいたいこんな感じだ。

　まず、朝の八時にグラウンドに集合して、みっちりとストレッチ、それから走る。徹底的に走る。夏休みの暑い盛りに、走らなければならないのは苦しかったが、どうしてもこれはやらなければならなかった。せめて少しでも涼しい早朝に走ることにしたのは、一種の自己防衛本能だった。二時間走る。距離にしてだいたい二十数キロぐらいだろう。

それから体育館に行き、ボールを使った基礎練習をする。パス、ドリブル、そしてシュートなどだ。これもまた二時間みっちりやる。何といっても基礎は大事だ。ウトウみたいな完全な素人《しろうと》がいると、それはますます強く感じられた。そして基礎練習をしながらも、ぼくたちはそれぞれのプレイスタイルに磨きをかけていった。

いつでも何でも突っ込んでいくモンキー。積極性に欠けるけどゴール下では誰にも負けないドッポ。オールラウンドに気が回る、そつのないプレイをするツル。今ひとつ集中力が足りないけど、スリーポイントにこだわるメガネ。ウトウのことは、まあ言わないでおくことにしよう。

ぼくは、自分で言うのも何だけど、この中では一番粘《ねば》り強かった。具体的に言えば、ボールへの執着心《しゅうちゃくしん》が強かった。ルーズボールを諦《あきら》めないのもぼくの特徴だ。誰が決めたわけでもないのだけれど、ぼくは一年生チームのキャプテン的扱いを受けていた。最後まで諦めないぼくのプレイスタイルをみんなも真似るようになり、チームの方向性も決まっていった。

さて、練習の話だ。昼十二時、完全に一度練習をストップする。食事などの休憩タイムだ。飯は、合宿の時もそうだったように、コンビニで買った。ウトウはいつも二人前の弁当を買っていた。食事も含めて、一時間休む。水分をとり、コートに横になってひたすら休む。休むこともまた重要なポイントだった。

午後一時、ぼくたちは再び立ち上がる。スリーオンスリーの時間だ。ぼくたちが一番力を入れていたのは、このスリーオンスリーだったろう。

文字通り、三対三に分かれて試合をする。チーム分けはいつもグーパーだった。

スリーオンスリーをひたすら続ける。本来、バスケというスポーツは、五対五でやるものだけれど、三対三でやるとマジで気が抜けなかった。ちょっと集中力を切らしたり、足が止まってしまうと、あっという間に攻め込まれてしまう。ぼんやりしていられないゲームだった。

途中、適当に休みを入れながら、夕方六時までスリーオンスリーをする。六時になると体育館は使用禁止になってしまうので、それが終わりの合図だった。

それ以外に、週に二回、ドッポの姉ちゃん、三年女子の悦子《えつこ》先輩が三年女子チームを引きつれてやってきてくれる。これはもう正式な試合だ。五対五、通常ルールでやる。

女子チームは強かったけど、そこはやっぱり女子だ。スピードも当たりも違う。五対五だとやはりぼくらが有利だった。

そこで、女子チームを六人、あるいは二年生にも入ってもらって七人に増やしてゲームをしたりするのだけど、五対六でもぼくたちの方が強くなっていた。五対七が適正なハンデと言えただろう。それに、女子チームとの試合は、メガネのモチベーションを維持するのにも役立っていた。

夜、家に帰ってからも自主練をするように、とぼくは声がけした。バスケはボール一個あればいろいろな練習ができる。もともとボールを持っていたぼくやツルは、新しく買った四人に、ドリブルの練習をするように言った。

これが毎日のことだった。夏休み中、ぼくたちはすべてをバスケにぶつけた。遊びも何もない。ただバスケだけだ。

たかが一ヶ月ちょっとのことだけど、これだけバスケに集中したことは中学時代にもなかった。明らかにぼくたちは、うまく、強くなっていた。

7

八月も終わりに近づいたある日、体育館に本仮屋センセーがやってきた。集まって集まって、とセンセーが言った。何だ何だ。何があった。

「うわ、汗くさい」

センセーが鼻を押さえた。いきなりそれは失礼というものではなかろうか。

「だってホントに……すごいんだもん」

そりゃ悪うございましたね。

「センセー、何ですか」

ツルが言った。あのね、とセンセーが口を開いた。

「二年生から問い合わせがあったの。一年はまだ本気で試合をやるつもりなのかって」

「何すか、それ」

「どういう意味ですか」

ぼくたちは口々に言った。意味って、そのままの意味よ、とセンセーが言った。

「何か、夏休み最後の日に、試合やることになってんでしょ、キミたち」

「はい」

「本気でやるのかって言ってたわ」

「本気も何もないっすよ」ぼくは叫んだ。「やるに決まってるじゃないですか」

「部員になれるかどうかが賭《か》かってんのやで」

なあ、とモンキーが左右を見た。みんながうなずいた。

「そのために練習してるんです」

ドッポが珍しく自己主張した。

「わかったわかった。じゃあ伝えとくね」

センセーが言った。お願いしますよ、とぼくたちは頭を下げた。

「でも、大丈夫なの？　勝てるの？」

センセーが不安そうな顔をした。負けを想定して試合をするようなバカはいませんよ、とぼくは答えた。

「あのね、こんなこと言ったらまずいのかもしれないけど、センセーはどっちかって言ったら、あなたたちの味方よ。そりゃ三年生が一番悪いんだけど、だからといって一年生に練習をさせないっていう二年生はおかしいわ」

「そうでしょ」

「だから、立場はあなたたちの味方。でもね、やっぱりどっちが勝つかって言ったら……」

「二年生だって言いたいんですか？」

「あたし、これでも少しバスケのこと勉強したのよ」センセーが照れたように笑った。「それでわかったんだけど、中学バスケと高校バスケは違うって」

そりゃあまあそうだ。中バスと高バスは違う。そう言われているのは確かだ。

「二年生は高校バスケを一年間みっちりやってきてる。相手としては強いはずよ」

どこで学んだのか、センセーが知ったような口を利《き》いた。確かに、高校と中学は違う。それはぼくたちにもよくわかっていることだった。

「でも、他にどうしようもないじゃないすか」

ぼくは言った。試合ですべてを決めようと言ったのはぼくだけど、向こうもそれには同意していた。勝てばぼくたちは部活に参加できる。負けたら二度とバスケのコートには立たない。

そういう約束のもと、八月三十一日の試合は決まっていた。何が今更《いまさら》本気でやるつもりなのかだ。本気だよ。一〇〇パーセントの本気を見せてやる。

「まあ、やるんだったら頑張りなさい。センセー、応援してるから」

「ありがとうございます」

ぼくたちは言った。センセーがまた笑った。

「まったく、おかしな子たちだわ」

「そうすか？」

「高校生なんて、みんなどこかおかしいんだけどね」

そうなのか。まあ、そうなのだろう。

「負けたらどうする気？」

「ぼくは茶道部に戻ります」

ドッポが言った。あとは？　とセンセーが訊いた。まあ、何とか、とぼくらは答えた。

「バレー部にでも入ろうかなって思ってます」

メガネが言った。それぞれ考えてることはあるようだ。

「ウトウくんは？」

「……陸上かなあ」

ウトウが似合わないセリフを言った。でも、この男は何しろ体重を減らすために部活をやらなければならないのだから、陸上でも何でもいいのだろう。

ツルとぼくはお互いを見やった。バスケ以外にやりたいことなし、とツルの顔に書いてあった。おそらく、それはぼくも同じだ。

「モンキー、お前どうするんだ」

ぼくは訊いた。そやな、とモンキーが腕を組んだ。

「そしたら、やっぱフェンシング部行くわ。人気ないようやから、二学期からでも受け付けてくれるやろ」

「ジュンペーくんはどうするの？」

センセーが言った。わかりません、とぼくは正直に答えた。

「今はバスケのことしか考えられないですから」

「ボクも同じです」ツルが言った。「要は、八月三十一日の試合で二年生に勝てばいいんでしょ」

そういうことだ。勝てば、すべてが丸く収まる。何としても勝たねば。ぼくたちは練習を再開することにした。頑張って、とセンセーが言った。

8

毎日がものすごいスピードで過ぎていった。練習は課題が多く、やってもやっても完成されたという感じはなかった。

ぼくたちは毎日グラウンドを走り、コートを走った。走った距離だけなら、陸上部の長距離選手よりもよく走ったのではないか。スタミナには自信がついた。試合にフルで出ても大丈夫なくらいだ。

テクニックにも磨きをかけた。みんなが個々に持っている技は、そうは多くないけれども、教え合えばそれなりに戦力になった。

最後の一週間は、三年生の女子バスケ部員が試合をするために来てくれた。

高さや強さはぼくらの方が上だったけど、三年女子にはスキルがあった。それでも五対七でやっても、ぼくらがほとんど勝つようになっていた。

とにかく練習した。朝八時に集合して、夕方の六時まで練習漬けの日々だった。家に帰ってからも、ボールを使っての練習は続けた。それが終わってから飯を食って眠る。それしかできなかった。風呂に入るのがやっとだった。

そんなふうにして日々が過ぎていき、とうとう八月三十一日、夏休み最後の日を迎えた。ぼくは興奮してよく眠れずにいた。睡眠不足のまま、朝六時にはベッドから抜け出していた。

ちょうど親父やオフクロも起きてきたところだった。ジュンペー、とオフクロが言った。

「あんた、どうしたの」

「今日、試合なんだよ」

二年生との試合については、両親に説明済みだった。どんなに大きなものが賭けられているかという意味も含めてだ。あら、そうだったっけ、とオフクロが笑った。

「飯、食わせてくれよ」

「はいはい。あんた、顔洗ってきなさい」

ぼくは言われた通り洗面所に行った。鏡にぼくの顔が映った。いける。いけるぞ。寝不足だけど、調子はいい。

派手に水を跳《は》ね散らかしながら顔を洗った。タオルで顔を拭《ふ》いてから、もう一度鏡を見た。いつもの自分の顔じゃない。こんなに気持ちが乗った朝はない、と思った。

ぼくはリビングに戻った。オフクロがハムエッグとレタスのサラダを出してくれた。

「ご飯は自分でよそいなさい」

はいはい。ぼくはめちゃくちゃ大盛りにしたご飯に納豆《なっとう》をかけて食べ始めた。

「いただきますぐらい言いなさいよ」

オフクロが苦笑した。親父は何も言わなかった。ぼくはもりもりとご飯を食べた。自分でも信じられない速さだった。

「お代わり」

はいはい、とオフクロが茶碗を受け取った。どうなんだ、ジュンペー、と親父が口を開いた。

「勝てそうなのか」

「運がよければね」

「二年生は強いのか」

「たぶん」

「何だ、たぶんって言うのは」親父が言った。「相手の実力も知らんのか」

「二年生がどこでどんな練習をしているのか、ぼくたちは知らないんだ」

「見たことないのか」

「ない。いや、ちょっとした練習なら見たことはあるよ。でも、本気モードの練習は見たことがない」

「大丈夫なのか」

「実力を出せればいけると思う」

まあ、頑張ってくれ、と親父が言った。親父はぼくが国分学園に入ってからというもの、だいたいにおいて上機嫌だった。

「はい、ご飯」

オフクロが茶碗を差し出した。ぼくはご飯の上にハムエッグを乗せて、そのまま食べ始めた。汚いわねえ、とオフクロが嫌な顔をした。

その後ぼくはひと言も喋《しゃべ》らず、テーブルの上にあったものを全部食べた。よし、いけるぞ。立ち上がった。どこ行くの、とオフクロが訊いた。

「学校だよ」

「ジュンペー、まだ七時よ」

いいんだ。試合開始は十時の約束だったけど、いいんだ。ぼくのやる気はマックスだった。とにかく行かねば。早く行かねば。

「行ってこい」

親父が言った。ぼくはうなずいた。試合だ。今日は試合なのだ。

いよいよ試合……どうなる？

1

ぼくは八時に学校に着いた。もちろん、体育館には誰もいなかった。そりゃそうだろう。試合開始は十時なのだから、誰もいるはずがなかった。

ぼくは着替えを始めた。無人の体育館で着替えをするのは、なかなか爽快《そうかい》な気分だった。

最後に、持ってきていたバスケットシューズを履《は》いた。バスケットプレイヤーの出来上がり、という感じだった。そのまま、走り始めた。バッシュが床にこすれる音が鳴って、それも気持ちよかった。

（いいぞ）

いけると思った。他のメンバーのことは知らないが、とにかくぼく個人は絶好調だった。何というか、アドレナリン出まくりという感じだ。

ぼくは走り続けた。車でいえば慣らし運転の状態だ。全力で走っているわけではない。エンジンを温めているようなものだった。

「あれ」

声がした。ぼくは振り返った。ツルが立っていた。

「ジュンペー、どうしたんだよ」

「そっちこそ」

ぼくはツルに近寄っていった。ツルはもう練習できる格好《かっこう》に着替えていた。というより、どうやらその格好で家を出てきたようだった。

「早いじゃん」

「まあな」

ぼくは言った。ツルが笑った。

「眠れなかったんだろ」

「そうじゃないけど」

「そう言うなって。ボクも同じなんだ」

ツルが言った。ぼくたちは並んで走り出した。

「興奮するよな」

「ああ」

「今日ですべてが決まる」ツルが腕を振った。「勝てば部員、負けたら何もなしだ」

「そうだな」

「勝てるかな」

「勝てるさ」

　あれだけ練習したのだ。勝てないわけがない。

「だよなあ」

　最初はぼくたち二人だけだった。仲間が一人増え、二人増え、六人になった。ただがむしゃらに練習をしてきた。すべてはツルとぼくで始めたことだった。

「それにしても」ぼくは疑問を口にした。「二年生はどこで練習をしてるんだろう」

「一学期の間は、朝と昼休みはこの体育館でやってたけどな」

「放課後はどうしてたんだろう」

「これがさ、意外と練習してないんじゃないの？」

「まさかあ」

「いや、あり得るね」ぼくは走りながらうなずいた。「奴らはぼくたちのことをなめているんだ」

「そういうもんかね」

「ワンオンワンの勝負で圧勝してるし、二年生だから、一年には絶対負けないと思ってるんだ」

そうでもないだろ、とツルが言った。あれだけ一年はいらないって断言したんだ。負けられないのはわかっているだろう」

「そりゃそうだ」

「二年生は二年生で練習してると思うんだ。少なくとも、そう思っていた方がいい」

「油断大敵ってことか」

そうだ、とツルが走るスピードを上げた。

「二年生はぼくたちの練習を見てるのかな」

ぼくは訊《き》いた。そりゃわからん、とツルが言った。

「夏休みでも、ここには人がやたらといる。その中に連中が紛《まぎ》れ込んでしまえば、ボクたちの様子を見るのは簡単さ」

「こっちは向こうの練習を見てないぞ」

「見てないわけじゃない。二年生の昼練見ただろ」

「ああ、そういえば……でも、たいしたことはやってなかったな」

「ルーティンの練習だよ。だけどまあ、だいたいのことはわかる」

「どう思った？」

「基礎がしっかりしてる」ツルが足を止めた。「パスも、ドリブルも、シュートもだ。基本に忠実なプレイをしている。そんな印象を受けたな」

ぼくは感心していた。ツルがこんなによく二年生の練習を観察してたとは。

「常識だろう」

ツルが言った。その時、二人の男が入ってきた。

「おお」

「何やねん」

メガネとモンキーだった。何だ何だ、みんな早いじゃないか。

「早く来るんやったら、メールしてくれたらええのに」

モンキーがわめいた。朝から騒ぐんじゃないよ。メガネがケータイを取り出した。ドッポとウトウに連絡するつもりなのだろう。

「四人になったから、ボール使って練習しないか」

「そしたら、オレ、取ってくるわ」

モンキーが走り出した。こいつのいいところは、いつもやる気にあふれてるところだな、と思った。

2

結論から言うと、わざわざメールをする必要はなかった。八時半になった頃、ドッポとウトウも体育館に現れたのだ。

「マジで？」ウトウが声を上げた。「早いんだね、みんな」

何時から来てるんですか、とドッポが訊いた。八時ぐらいかな、とメガネが答えた。

「だったら、最初から言ってくれればよかったのに」

ウトウが不満そうな顔になった。まあそう言うなって。ぼくだって、みんながこんなに早く集まるとは思っていなかったんだから。

ぼくたちはアップをすることにした。準備体操、ストレッチ、シュート練習などだ。一時間きっちりアップを行ない、ぼくたちはその場に座り込んだ。

「やりすぎなんちゃうか」

モンキーが言った。

「アップでこんなにバテてたら、本番もたないぞ」

メガネが顔の汗を拭《ぬぐ》った。とにかく休もう、とぼくは声をかけた。

「スタミナ切れになったら終わりだ。あとは本番まで休もう」

「あなたたち」声がした。「何してるの」

ぼくたちは振り向いた。本仮屋《もとかりや》センセーと中根先生が立っていた。

「いや、何て言うか、練習です」

座ったままツルが答えた。ひどい汗ね、とセンセーが顔をしかめた。

「熱中症になっても知らないわよ」

「大丈夫っすよ」ぼくは立ち上がった。「そこらへん、計算済みです」

「だったらいいけど……あのね、今日はあたしが立ち会い人を務めるから」

「何すか、立ち会い人って」

ぼくは訊いた。顧問《こもん》としての義務よ、とセンセーが言った。センセーは微笑んでいた。その笑顔が勝利の女神に見えた。

「試合の勝敗を見届けて、今後どうするのかを決めるの。センセーの言うことは絶対よ。わかったわね」

「中根先生は？」

「おれは審判だ」中根先生が言った。「まったくもう、突然の話だからびっくりしたぞ」

「こっちもびっくりしてます」

ツルが言った。中根先生が苦笑した。

「まあいい。二年生ももうすぐ来る。十時から試合開始だ」

「二年生は何してるんですか」

ウトウが訊いた。知らない、と中根先生が答えた。

「練習でもしてるんじゃないのか」

「まあ、そんなことはともかく」センセーが言った。「あなたたち、頑張りなさいよ。勝たなかったら退部になっちゃうんだからね」

「立ち会い人は中立じゃなくていいんですか」

ドッポが言った。センセーが頭を掻《か》いた。カワイらしいポーズだった。

「そりゃあ、そうだけど……だけど、今回のトラブルの原因は明らかに二年生にあるわ。三年生が信用できないから、他の学年も信用できないっていうのは、おかしいわよ」

「ですよね」

ぼくは両手をこすり合わせた。だからね、とセンセーが言った。

「ここは勝つことよ。勝って正式な部員にならなきゃ。わかるでしょ」

そんなこと、センセーに言われるまでもなく、ぼくたちが一番よくわかってる。頑張ります、とぼくたちはそれぞれうなずいた。

「だけど、勝てますかね」

メガネが不安げな声を上げた。勝てますかねじゃないのよ、とセンセーが大きく口を開いた。

「この前も言ったけど、二年生は高校バスケを一年間やってるわ。あんたたちは中学バスケしかやってない。その差は大きいと思う」

「はい」

「向こうは自信を持っている。この間まで中坊だったあなたたちに、負けるはずがないと思っている」

「はい」

「だけど、あなたたちはよく頑張った。このひと月半、一生懸命練習をしてたのは、センセーがよくわかってる」

「はい」

「だから負けない。あなたたちは負けない。二年生の鼻を明かしてやりなさい」

立ち会い人のセンセーがそんなことを言うのはどうかと思ったけど、とにかく、勇気が湧いてきた。

そうだ。ぼくたちは頑張った。よくやった。死ぬほど練習をした。それは決して嘘《うそ》ではない。ぼくたちにだってチャンスはあるのだ。センセーが手を前に出した。ぼくたちもそれに合わせた。

「頑張るのよ、みんな」

「はい」

「一年生、ファイト!」

あのー、という声がした。何だ、この盛り上がっている時に。

「どうした、井上」

中根先生が言った。声の先には女子生徒が数人立っていた。

「何かあ、噂《うわさ》で聞いたんですけどぉ」井上と呼ばれた女子生徒が言った。「今日、バスケの試合があるって」

「二年生と一年生の」名前のわからない女子生徒が補足した。「けっこう大事な試合って聞いたんですけど」

「これからだ」中根先生が言った。「十時からだな」

「あたしたち、二年生の応援に来たんです」井上さんが言った。「加代子《かよこ》の彼氏がバスケやってて」

「違うよ、彼氏じゃないよ」

キャーキャー言い出した。何だ、こいつらは。

「応援か。お前たちもヒマだなあ」中根先生が笑った。「まあいい。コートはそこだ。その外側で座ってろ」

はーい、とか何とか言って女の子たちがラインの外に座った。二年生の応援だと？　何なんだよ、せっかく盛り上がっていたのに。

だが、観客はそれだけではなかった。八月三十一日という夏休み最後の日、よほどやることがないのか、体育館にやってきた生徒は百人近くいた。半分は二年生の応援、そして残りはぼくたちの応援ということだった。

ぼくたちの応援団の中には女子バスケ部の先輩たちがいた。ドッポの姉貴やその他の部員だ。メガネが好きな村井さんもいた。豊崎とか高野とか、最初の頃バスケ部に入ろうとしていた連中もだ。

そして九時五十分、国分《こくぶ》学園二年生のバスケット部員がやってきた。ぼくは目でその数を数えた。全部で十人。

「遅くなりました」

キャプテンの小野さんが中根先生に言った。相当アップをしてきたようだ。上半身が汗でびっしょり濡《ぬ》れていた。

「いいのか」

中根先生が短く訊いた。オーケーです、と小野さんが答えた。

「よし、じゃあ両チームとも十分間練習をしろ。試合はそれからだ」

ドキドキしてきた。ぼくたちは本当に勝てるのだろうか。向こうは十人いるのに、こっちは六人しかいない。人数のハンデは大きい。

「それじゃ、やりますか」

ツルが軽い調子で言った。お前は上がらないのか。他のみんなは地に足がつかないまま、ツルの指示に従った。

このゲームに勝って、正式なバスケ部員になったら、とぼくは思った。絶対次のキャプテンにツルを推薦《すいせん》しよう。

3

笛が鳴った。

「練習終了」

中根先生が言った。ぼくたちはそれぞれラインの外に出た。

「二年生は……ビブスつけてるな。一年、このビブスをつけるように」

どこから出てきたのか、六枚のビブスを渡された。全部二十番代だ。二十番、二十一番、二十二番、二十三番、二十四番、二十五番。ぼくたちは無言でそのビブスを上半身につけた。気が引き締《し》まった。

「それじゃ、始めようか」

淡々《たんたん》とした調子で中根先生が言った。ぼくたちは最初にコートに入る五人を決めていた。

ぼくとツル、ドッポ、メガネ、モンキーの五人だ。ウトウは必然的にベンチということになる。タイマーや得点板は、悦子《えつこ》先輩たちが引き受けてくれた。部内の練習試合とはいえ、本番さながらだ。

「スタメンはコートに入って」

中根先生が命じた。二年生チームは九番、十番、十一番、十二番、十三番の五人が入った。十番は、ワンオンワンでぼくが負けた神田《かんだ》さんだ。

「なめてるなあ」ツルがつぶやいた。「あれって、控えの選手だろ？」

ビブスから察するに、そういうことのようだった。様子を見ようということなのか。ちくしょう。

「それでは、今から試合を始める。フェアプレイでいくこと。極端なファールは即退場させるぞ」

はい、とぼくたちと二年生チームが同時に返事をした。観客席に座っていた、百人ほどの客から拍手が起こった。

「それでは、一名ずつセンターへ」

ドッポ、とぼくは言った。うん、とうなずいたドッポがセンターに出た。二年生チームからは百八十センチくらいの十一番が前に出た。

「それでは、試合開始」

中根先生がボールを高く上げた。二人が同時にジャンプする。率直《そっちょく》に言って、十一番の選手は小さかった。楽々とドッポがボールを叩《たた》き、メガネがキャッチした。

「よし、いこう」

ぼくは声をかけた。前に出る。メガネがドリブルをしていた。ゆっくりとしたリズムだった。

「焦《あせ》る必要ないぞ。じっくりいこう」

ツルが言った。メガネにはもちろんマークがついている。だが、あまり厳しく当たってくるつもりはないようだった。二年生も様子を見ているということなのだろう。

ボールがセンターラインを越えた。ドリブルが続いている。静かな始まりだった。メガネがその場でドリブルを続けた。どうする。一気に攻めていくか。いや待て。強引にいく必要はない。時間はある。

「戻せ」

ぼくは指示を出した。メガネが立ち止まり、そのままボールを後ろのモンキーにパスした。

十一番が前に出る。モンキーがドリブルしながら、うまくかわした。ぼくたちは全員が前に走っていた。モンキーが止まる構えを見せた。でもそれはフェイントだった。

一瞬動きの止まった二年生チームの間を縫《ぬ》って、モンキーがシュートコースに入った。打つか。

すぐに十三番がカバーに入った。モンキーが動きを止めた。ターンしてボールをパスする。ぼくにだ。ボールのずっしりした重みを感じながら、ぼくはドリブルで前に進んだ。

十番の神田さんが目の前にいた。ぼくは左手を前に出して、神田さんの動きを牽《けん》制《せい》した。どうする。ゴールは目の前だ。打つか。

ぼくは左右を見た。フリーになってる者は誰もいない。ここは勝負だ。強引に神田さんを押しのけて、シュートの態勢に入った。ジャンプしてシュート。

「リバウンド！」

誰かが叫んだ。シュートは。シュートは入ったのか。

放物線を描いたボールがリングに当たった。惜《お》しい。入らなかったか。

「下がれ！」

ぼくとメガネが同時に怒《ど》鳴《な》った。跳《は》ね返ったボールを手にしたのは神田さんだった。そのまま十三番にパスする。前に出た。

「下がれ下がれ！」

ぼくは叫んだ。十三番が大股《おおまた》でドリブルしている。自由にさせるな。誰だ、マークは。ドッポが前に出た。そうか、お前か。頼むぞ。ドッポが十三番の進路を塞《ふさ》いだ。

「パスするぞ！」

十三番が右に動いた。ドッポがそれについていく。完璧にカバーしている。十三番が苦し紛れにパスをした。そのボールを、ジャンプしたメガネがカットした。いいぞ。

「行け！」

相手は戻り切れていない。いいぞ。メガネ、フリーだ。ゴール下に走り込んだメガネがレイアップシュートをした。ボールがゴールネットを揺らす。入った。二点だ。

「よっしゃあ！」

ぼくは叫んだ。メガネが片手を上げる。その視線の先には村井さんの姿があった。まあいい。この試合が終わるまでは勘違いさせておこう。余裕こいてる場合か、とツルが言った。

「来るぞ」

わかってる。みんな戻れ。急げ。神田さんと九番が前に出てきた。近い距離でパスをし合っている。前に出る。止めなければ。

ぼくは神田さんにぴったりくっついた。九番がドリブルをしながらスキをうかがっている。

「誰かボールにつけ！」

ぼくは怒鳴った。ツルが素早く走って九番をマークした。いきなり九番がパスをした。誰も見ていなかったアウトからインに切り込んできた十一番が、そのボールを受け取った。

「危ない！」

慌《あわ》ててコースに入ろうとしたモンキーとぶつかりそうになる。一瞬の判断でモンキーからコースを変えた十一番が急停止した。

「ヤバイ！」

シュート。モンキーが手を伸ばしたが届かなかった。ボールが回転しながらゴールに吸い込まれていく。ゴールを決められた。二対二だ。仕方ない。今のは仕方ない。

「今度はこっちの番だ」

ぼくはドッポに言った。ドッポがうなずいた。

「いくぞ!」

おお、と声がした。ぼくは走り始めた。

4

時間がどんどん過ぎていった。

ぼくたちは優勢に試合を進めていたのだけれど、なかなか点差は広がらなかった。これはヤバイとぼくは感じていた。

なぜかと言えば、第一クオーターが終わった時点で、二年生チームは主力メンバーがまだ試合に出てきていなかった。様子を見ているのだ。

おそらく二年生は第一、第二クオーターが終わって、試合の後半になったところでがらりとメンバーチェンジをしてくるだろう。

ぼくたちは今のメンバーとウトウとで戦うしかない。疲れも溜《た》まっている。そんなところへ新メンバーが出てくればどうなるのか、考えてみるまでもなかった。

第二クオーター、ラスト五分。ぼくは作戦タイムを取ることにした。みんなが集まってきた。点数は三十六対三十二でぼくたちが勝っていた。

「四点差か」ツルが言った。「難しいところだ」

「向こうはまだ主力を温存している」ぼくは言った。「ヤバイぞ」

「どうすりゃええんや」

モンキーがタオルで汗を拭《ふ》いた。ドッポは黙っていた。

「十点差をつけよう」ぼくはうなずいた。「十点だ」

「前半が終わるまで、あと五分ある」メガネが言った。「六点プラスか」

「厳しいな」

ツルが言った。やればできる、とぼくはその肩を叩いた。

「ディフェンスを固めよう。五分間、向こうには一点もやらない」

「うん」

「おお」

みんなが首を縦に振った。一分半でワンゴール決めよう、とぼくは言った。

「五分ある。三ゴールで六ポイントだ」

「うまくいくかな」

「そのために練習をしてきたんじゃないか」

ぼくは言った。そりゃそうだけど、とメガネが唇《くちびる》を尖《とが》らせた。

「みんな、まだ大丈夫か」

「まだまだいけるぞ」

モンキーが言った。他の四人もうなずいた。

「ウトウ、第三クオーターからはお前の出番だ。アップしとけよ」

うん、とウトウがうなずいた。緊張しているようだった。

「敵には一点もやらない。こっちはあと三ゴールだ」

ぼくは手を前に出した。みんなが手を重ねた。

「いくぞ、一、二、三」

「ダー!」

笛が鳴った。時間だ。ぼくたちはコートに戻った。

「始めるぞ」中根先生が言った。「いいか」

「はい」

「はい」

ぼくと神田さんが同時にうなずいた。中根先生が笛を短く鳴らした。二年生ボールから、と先生が言った。はい、と神田さんがうなずいた。

二年生が上がってきた。ぼくたちはそれぞれマークについた。パスが回される。どうやら向こうは向こうで、現状維持を狙っているようだった。試合はスローペースに持ち込まれている。その意図はよくわかった。

ドッポが前に出た。マークしている十三番がドリブルを続けている。ドッポの巨体が十三番の上にかぶさった。

十三番が動いた。しゃにむに前に出ようとする。ドッポが両手を広げてその動きを邪魔した。十三番がパスを放った。無理な動きだった。ドッポの手にかすって、ボールが左へ落ちた。

走り込んだモンキーがそのボールを奪い取った。いいぞ。モンキーがドリブルで前へ行く。二年生チームが慌てて戻る。

「モンキー！」

ぼくは叫んだ。これはチャンスだ。無理なシュートは打つな。周りを見ろ。パスする相手は四人いるぞ。

モンキーがゴール下に突っ込んでいく。二年生がその後を追いかけていく。

急にモンキーが振り返った。パス。ぼくの手にボールがあった。ナイスパス。マークは誰もついていない。ぼくはそのままジャンプした。シュートを放つ。スリーポイントだ。入れ。入ってくれ。

みんながゴールの方向を目で追った。ボールは見事にゴールに吸い込まれていった。拍手。三十九対三十二だ。七点差。

初めて二年生チームが焦りの色を浮かべた。まだだ。まだまだいくぞ。コートの外を見ると、二年生の選手たちが立ち上がっていた。いいぞ、もっと焦れ。

「七点差七点差」ツルが叫んだ。「あと四分あるよ」

「いこうぜ」

メガネが言った。ぼくたちは自分のコートに戻っていた。二年生の十二番がボールをドリブルする。速い動きだった。

「一点もやるなよ」ぼくは怒鳴った。「シュート、打たせるな」

メガネが前に出た。十二番をマークする。十二番が左手を前に出して、メガネのマークを振り切ろうとする。

「メガネ、何とかしろ!」

モンキーが叫んだ。返事はなかった。それだけ集中しているということなのだろう。十二番のドリブルが速くなった。メガネが必死で追いかける。それを押さえるようにして十二番が振り切った。ヤバイ。

「打たせるな!」

ぼくは怒鳴った。ゴール下にはドッポがいる。ドッポがうまくカバーに入ってくれれば。

十二番がジャンプした。シュート。というのはフェイントで、十三番にパスした。敵ながら見事なパスワークだった。十三番はフリーだ。落ち着いた動きでシュートを打つ。ゴール。入った。

「五点差ある」ツルが言った。「まだまだ、これからだ」

「時間は」

ぼくは時計を見た。あと三分二十九秒。

「落ち着いていこう」ぼくはみんなに声をかけた。「あと二ゴール」

ツルがドリブルを始めた。その動きに合わせて、ぼくたちは前に進んでいった。

5

笛が長く鳴った。第二クオーターの終了だ。点数は四十三対三十六でぼくたちが勝っていた。

「七点差か」

ツルがポカリを飲みながら言った。七点差だ、とぼくはうなずいた。

「よくやった方だ」

メガネが言った。そういうことなのだろう。客席から村井さんが声をかけている。ぼくだけが知っていることだが、それはツルに向けられたものだった。メガネはそうとも知らずに喜んでいる。まあいい。放っておこう。

「疲れた。足が痛い」

モンキーがふくらはぎの辺りを叩いた。疲れているのはみんな同じだった。

「ウトウ、後半出てくれ」ぼくは指示した。「ドッポ、お前は休みだ」

「まだできますよ」

「いいんだ。これも作戦だ」

「ファールは？」

ツルが訊いた。スリーファールや、とモンキーが答えた。ファールは五つで退場だ。

「他は？」

あとのみんなは一つだった。モンキーが三つもファールしているのは、モンキーのプレイスタイルからいっても仕方のないことだった。

「モンキー、気をつけろよ」ぼくは言った。「フォーファールになったら即交替だ」

「わかった」

ハーフタイムの十分間の休憩は、あっという間だった。ぼくは中根先生にドッポとウトウが交替することを告げた。

「そろそろ第三クオーター開始だ」先生が言った。「大丈夫か」

「はい」

「よし」

戻れ、と先生が言った。ぼくはみんなのところに戻った。

「あなたたち、頑張りなさいよ」本仮屋センセーがいつの間にか来ていた。「勝ってるじゃないの」

「こっからが大変なんすよ」

ぼくは言った。

「勝っちゃいなさい」センセーがぼくの背中を叩いた。「二年生なんか、やっつけちゃいなさい」

いいなあ、センセーは。何にもわかっていないというのは、幸せなことだ。

「頑張りますよ」

みんなが口々に言った。そう、あとは頑張るしかないのだ。笛が鳴った。ぼくたちは立ち上がった。

「第三クオーター開始」中根先生が短く言った。「いいな」

はい、とぼくはうなずいた。相手チームのメンバーを見ると、予想通り全員が替わっていた。四番、五番、六番、七番、八番のみんなが気合の入った表情をしていた。

「アカンわ」モンキーがつぶやいた。「元気ありあまっとるやないか」

「集中しろ」ぼくは言った。「やるしかないじゃないか」

「そらそうやけどなあ」モンキーがため息をついた。「ま、やりまひょか」

中根先生がもう一度笛を鳴らしてから、八番にボールを手渡す。八番がすぐにボールを入れ、四番の小野さんがキャッチした。

「いくぞ」

小野さんが声を出した。他のメンバーが前に出る。ぼくは小野さんのマークに回った。

（メチャクチャうまいな）

ぼくはボールを目で追いながら、そう考えていた。四番のビブスは伊達《だて》ではない。ボールさばきは見事と言うしかなかった。

もうひとつ言えば、小野さんの動きは軽やかだった。そりゃ当然だろう。前半、この人は一切コートに出ていないのだ。疲れてる様子はまったくなかった。

（こっちは大変だよ）

太ももに乳酸《にゅうさん》が溜まっているのを、体で感じていた。ちくしょう。負けるもんか。ぼくは必死で追いかけた。小野さんがノールックパスで五番にボールを回した。

五番をマークしていたモンキーが慌てたように動き出した。ちょっと軽いパニックに陥《おちい》っているようだった。落ち着け、とぼくは叫んだ。だがその声は、モンキーには届いていないようだった。

五番があっさりとシュートコースに入った。モンキーが飛び込んでいったが遅かった。シュート。楽々とボールがゴールに入った。四十三対三十八。五点差だ。

「まだまだ。これからだ」

モンキーがドリブルを始めた。ぼくたちは走り始めた。

6

二年生のレギュラー陣はうまかった。どこが、というわけではない。派手なプレイがあるわけでもない。

ただ、基本に忠実だった。そしてよく走る。何だかロボットと試合をしている感じがした。

どんどん時間が過ぎていく。第三クオーターが終わるのは、あっという間だった。終わってみれば、五十六対五十八でぼくたちは逆転されていた。

「大丈夫か」

ぼくは言った。みんなが、ああ、とか、おう、とか言っている。その声に力はなかった。

「まだ走れるか」

「やれるよ」

ツルが言った。息が切れていた。

「いよいよ次で終わりだ。とにかく全力でいこう」

ぼくは言った。わかっとるがな、とモンキーがうなずいた。

「せやけど、足がなあ」

「足がどうした」

「気持ちに足がついていかんのや」

何とかしろ、とぼくは言った。わかっとる、とモンキーが答えた。

「ウトウ、大丈夫か」

「きつい」

ウトウが肩で息をしながら言った。言葉は短かった。笛が鳴った。いよいよラスト、第四クオーターだ。

「まだ勝てる。二点差だ」

最後にぼくは言った。みんながうなずいた。メガネの顔は真っ青だった。

「いくぞ」

みんなが立ち上がった。メガネは休め、とぼくは言った。すまん、とメガネが言った。

「ちょっとだけ休ませてくれ。三分でいい」

「ファイト、一年！」

悦子先輩たちの声がした。はいはい、わかりました。頑張りますよ。ぼくたちはコートに出た。中根先生がボールを持って立っていた。

二年生のメンバーは変わっていなかった。交替してくるかと思ったが、向こうにもプライドがあるのだろう。

中根先生が笛を吹いた。第四クオーター始まりの合図だ。

四番の小野さんがボールを入れ、八番があっという間にドッポを振り切り、独走状態になった。ゴール下ではツルが構えていた。八番がドリブルをしている。ぼくは小野さんについた。行かせてなるものか。

だけど、小野さんは速かった。ぼくの動きをフェイントでかわし、そのまま前に進む。八番がパスした。ぼくは手を伸ばしたが、追いつけなかった。

小野さんがボールを受け取り、落ち着いてシュートした。ゴール。五十六対六十。四点差になった。まだだ、とぼくは叫んだ。

「まだいけるぞ」

ぼくはドリブルをしたまま、走り出した。流れを変えなければ。だけど、どうしたらいい？

時間が過ぎていく。二年生のディフェンスは固い。ちくしょう、シュートも打てないのか。苦し紛れにぼくはツルにパスをした。二年生の六番がカットする。ボールが向こうの手に渡った。カウンター。独走した六番がレイアップシュートで点を入れた。

「ファイト、一年！」

悦子先輩が怒鳴った。ありがとうございます。やるだけやりますよ。

ドッポがドリブルを始めた。パス。今度は通った。ツルが走っている。六番が押さえにかかった。

ツルがフェイントを入れた。右と見せかけて左。抜き去る。七番がカバーに出てきたところで、ウトウにパス。ノーマークだ。打て、ウトウ。

ウトウがジャンプした。シュートを打つ。ボードに当たったボールが奇跡的にゴールに入った。拍手が起きた。

「ナイスだ、ウトウ」

ぼくは言った。だが、それどころではなかった。ボールを手にした二年生が全力で上がってきていた。速い。速攻だ。

ボールが目まぐるしくパスされ、最後は五番に渡った。ぼくたちはどうすることもできなかった。シュート。入った。あっという間の出来事だった。

「速いわ」

モンキーがぼやいた。こっちも負けてはいられない。目には目をだ。走り出す。だが、二年生は戻りも速かった。鉄壁のディフェンス。とにかく足が速かった。

「モンキー！」

ツルが怒鳴った。モンキーがパスした。ツルが受け取ってぼくを見た。

「ジュンペー！」

ツルが高くボールを上げた。ぼくは勢いをつけて思いきりジャンプした。高い。くそ、何とかしろ、オレ。高く上がったボールをぼくは右手で摑《つか》み、そのままゴールに叩き込んだ。

アリウープだ。

練習でもうまくいったことのないプレイだったが、見事に決まった。大きな拍手とどよめきが起きた。四点差。自分でも信じられないスーパープレイだった。

「このままいくぞ」

「おう」

二年生がドリブルを始めた。明らかに、今のぼくのプレイで流れは変わっていた。残り時間はどれだけあるのか。ぼくは時計を見た。五分を切っていた。

二年生の七番がボールをキープしている。マークについたのはウトウだ。テクニックはないが、身長はある。ウトウがコースを塞いだ。

七番がパスを放った。小野さんが取る。マークについていたぼくから一歩離れて、フェイダウェイシュートを打った。きれいなフォームだった。回転のかかったボールがゴールに突き刺さった。また六点差だ。

「ウトウ、交替だ」ボールがラインを割ると、ぼくは言った。「メガネ、出ろ」

肩で息をしているウトウがコートの外に出た。代わりにメガネが入ってくる。

「走れるか」

ぼくは訊いた。走るさ、とメガネが言った。少し休んで気合が入ったのか、それとも村井さん効果なのかはよくわからなかった。

「よし、攻めよう」ぼくは言った。「上がるぞ」

ぼくたちは走った。二年生が待ち構えている。知ったことか。ツルがボールを取った。ドリブル。コースを塞がれた。どうする。

ツルが見事なドリブルで一人抜いた。いいぞ。だが、また一人、ツルの前に立ち塞がった。

ツルがボールを放った。メガネ。少し休んだためか、メガネの動きは速かった。マークしていた七番を振り切り、外からシュートを打った。スリー。入った。メガネが客席に向かってガッツポーズをした。村井さんも手を叩いていた。メガネがにっこり笑った。

「ナイスシュート！」

声が上がった。確かに、それは見事なスリーポイントシュートだった。三点差。時間はあと三分ある。逆転も十分可能だ。

それから一進一退の攻防が始まった。二年生が得点を入れれば、ぼくたちも入れ返す。三点差が続いた。

「ラスト一分！」

その時点で点差は一点だった。六十七対六十八。二年生チームが勝っている。そしてボールは二年生の側だった。

「攻めてくるぞ」

ぼくは叫んだ。みんながディフェンスを固めた。二年生が間合いをつめてくる。ここで入れられたら終わりだ。二十四秒、必死で守り抜け。ここを守って、ラスト三十秒で逆転だ。

だが、そうはうまくいかなかった。二年生が巧妙《こうみよう》なパスワークでぼくたちの間を抜いていく。そして小野さんがボールを受け取った。

ぼくがチェックに入るところまで引き付けておいてから、飛び出してきた五番にパスする。目立たないけど、いいプレイだった。

五番がシュートを打った。高く舞い上がったボールがゴールの真ん中を抜けた。

三点差。残り三十秒。どうする。

「引き分け狙いだ」ぼくはメガネにささやいた。「外から打て」

「わかった」

だが、もちろんその狙いは二年生も読んでいた。スリーポイントを打てるのは、メガネしかいない。厳しいマークがついた。メガネ、頑張れ。村井さんも見てるぞ。

ドッポがドリブルでボールを前に運んだ。パス。ツルがボールを持つ。六番がマークについた。メガネのマークは外れていない。あと十秒。どうする、ツル。

ツルが走った。六番が後を追う。ドリブルをしていたツルがジュンペー！　と叫んだ。ぼくには小野さんがついていた。でも、他にどうしようもない。ツルがぼくにパスを送った。

（くそ）

ぼくはスリーポイントラインの外に出た。小野さんが目まぐるしくぼくのボールを奪おうとする。

時間がない。ぼくはフェイントをかけて、更《さら》に一歩外へ出た。シュートフェイクに小野さんが引っ掛かる。一瞬、スキが生まれた。

「ジュンペー、打て！」

メガネが叫んだ。ぼくはジャンプした。スリーポイントシュート。入れ。入ってくれ。ボールが高く上がった。

7

ボールが落ちてきた。入れ。入ってくれ。

ボールがゴールの真上に来た。そのままゆっくりと落ちていく。入るのか。

だが、結果は無情だった。リングに当たって横に落ちた。その時、笛が鳴った。

試合終了の合図だ。六十七対七十。

（負けた）

ぼくはがっくりと肩を落とした。負けたのだ。これが現実だった。

「選手は整列」中根先生が言った。「互いに礼」

七十対六十七で二年生チームの勝ち、と先生が宣言した。ぼくたちは無言で頭を下げた。拍手がぱらぱらと起きた。

「惜しかった」

ツルがつぶやいた。その通りだった。あと一分あれば、展開も違っていたかもしれなかったのだけど、実際には届かなかった。どうしようもない。負けたのだ。

「どうもありがとうございました」

ぼくは二年生に言った。小野さんがうなずいた。もう少しだったな、と小野さんが言った。ぼくは首を縦に振った。

「斉藤、あれはいいアリウープだった」小野さんが腕を組んだ。「驚いたよ」

「自分でも驚きました」

ナイスプレイ、と小野さんが言った。ぼくは頭を下げた。

「一年生、明日から放課後、区のスポーツセンターに来い」

いきなり小野さんが言った。何のことだ。

「オレたちはあそこで放課後、練習をしてる。あそこは夜九時まで練習できるんだ」

どういう意味だ。それってつまり。

「バスケ部員として認めるってことさ」小野さんが笑った。「お前らはよくやった。努力したのはわかった。お前らを認めるよ」

二年生の一人が封筒を持ってやってきた。ぼくとツルが預けておいた退部届だ。小野さんがまとめてそれを破った。

「じゃあ、一緒に練習を？」

ドッポが言った。そうだ、と小野さんがうなずいた。

「お前らのことを信用できないとか言って悪かった。上級生や監督がいなくても、お前たちは真面目にバスケをやっていた。明日からは正式なバスケ部員だ」

「マジっすか？」

「マジだ。一緒にやろう」

他の二年生たちが拍手をした。本仮屋センセーや悦子先輩たちも。

ツルが、ドッポが、メガネが、モンキーが、ウトウが、みんな笑った。

「ありがとうございます！」

「遅れるなよ」

それだけ言って、小野さんがその場を離れた。ぼくたちは気がつけば、ひとつの輪になっていた。

「やったな、ジュンペー！」

そうだ、やったのだ。ぼくたちは明日から正式なバスケ部員だ。ますます頑張らねば。

「いくぞ、一、二、三」

「ダー！」

エピローグ……マジで?

「すいませーん、バスケ部に入りませんか?」

「よろしくお願いしまーす」

九月、二学期が始まっていた。ぼくたち一年生は朝から校門前でプリントしたチラシを配っていた。小野さんたちに命じられたのだ。

一年が六人じゃ少ない、と小野さんは言った。最低十人は必要だという。一年だけで練習試合ができるようにならなきゃな、とおっしゃった。いやアナタ、そんなの無理ですって。もう一年はみんなそれぞれ部活やってますって。

でも命令は絶対だ。王様と先輩には逆らえない。そういうわけでぼくとツル、そして他の四人はこの一週間、毎朝八時から校門前に立って部員の勧誘をしていたのだった。

わかっていたことだけど、一人も話を聞いてくれる者はいなかった。何をしてるんだバカ王、と笑うクラスメイトなんかもいたりして、非常に気分はブルーだった。

「もう終わろうや」モンキーがうめいた。「こんなんしたかて、誰も入らんて」

そうだそうだとウトウがうなずく。せめて一人ぐらい、とぼくは言った。

「どうにかなんないかな？　誰か知らないか？　部活がうまくいってない奴とか……」

知らない、と五人が首を振る。そりゃそうでしょうともさ。困ったもんだ。

チャイムが鳴った。予鈴だ。ホームルームが始まる。戻るぞと言ったぼくの前に、本仮屋《もとかりや》センセーと中根先生が現れた。どうも怪しい。この二人、最近やたら一緒にいないか？

「何すか？」

「歩きながら話そう」中根先生が言った。「まずはいいニュースからだ。バスケット部の処分が減刑された。公式試合への出場が許されたんだ。昨日の会議で決まった」

「マジで？」

「もともと学校側の自主的な処分だったから」本仮屋センセーが微笑《ほほえ》んだ。「キミたち、頑張ってたもんね。応援しようってことになったの」

マジすか、とぼくたちはバンザイ三唱した。試合に出ることができる！　夢か？

全員でウトウの頬《ほお》をつねった。

「痛い痛い」止《や》めてくれ、と涙目になった。「学校に訴える。これは暴力だ。バイオレンス反対」

「夢じゃないらしい」ぼくたちは手を離した。「いつからですか?」

「秋の大会からだ」中根先生がうなずく。「だが悪いニュースもある。国分《こくぶ》学園は成績の悪い生徒に対し、徹底的な補習を行なうことを決めた。放課後だ。部活なんかに出てるヒマはなくなる」

それはいったい、と言いかけたぼくを二人の先生が嬉《うれ》しそうに見つめた。

「カンベンしてください」土下座しながらぼくは二人を拝んだ。「そんなことになったら――」

「立て、ジュンペー。学校は鬼じゃない」中根先生がぼくの腕を引っ張った。「いきなりそんな乱暴な真似《まね》はしないさ。月末、主要五教科で小テストをやる。その結果次第だ。鬼でも悪魔でもないが、学校は本気だ。もう逃げられんぞ」

待ってくださいと言いかけたぼくの口を、ツルが塞《ふさ》いだ。他の連中が手足をホールドして持ち上げる。

「諦《あきら》めろ、ジュンペー」ツルがささやいた。「練習は禁止する。ぼくとドッポで勉強を教える。ガタガタ言うな。やる時はやるんだ」

「苦手《にがて》なんだ」ぼくは宙《ちゅう》に浮いたまま訴えた。「どうしようもない。それは誰のせいでもなくて……」

「お前のせいやがな」

モンキーがわめいた。走れ、とメガネが楽しそうに笑った。

「図書館に叩《たた》き込もう。今までさんざん絞《しぼ》られたけど、今度はやり返してやる。逃がすな」

ホームルームには出たことにしておく、と中根先生が言った。本仮屋センセーが手を振っている。ちくしょう、離せ。離してくれ。これは陰謀《いんぼう》だ。

メガネとドッポがぼくをかつぎ上げて走り出した。力がついたなあ。軽々じゃないの。

「くそ、見てろ。必ず復活してやる。おれはバスケがやりたいんだ！」

頑張って、と本仮屋センセーが叫んだ。助けてください。せめてセンセーとマンツーマンじゃ駄目ですか？

空を見上げた。腹が立つほどよく晴れている。待ってろ、とぼくは通り過ぎた体育館の方を指さした。

「来月、戻ってくる。それまで――」

忙しくなるな、とツルがつぶやいた。いやもう、カンベンしてくださいよ、マジで。

〈了〉

解説

五十嵐圭《いがらしけい》（プロバスケットボール選手）

文句なしに面白い！　気がついたら、夢中で読み進めていました。

普段、あまり小説は読まないのですが、今回は一気に二日で読んでしまいましたね。自分がやっている競技であるバスケットボールが出てくる、というのも魅力だったし、主人公であるジュンペーを中心に、男子高校生たちの気持ちや悩みにかつての自分を重ねて「うんうん」と共感できます。

登場人物のなかでは自分はどのタイプなんだろう、ジュンペー的なところもあるし、役割としてはツルが近いかもしれない。など、思わず自分を重ねて読んじゃいました。

とくに冒頭、三年生たちが問題を起こしたため、一年間の公式戦出場辞退となっているのを知ったジュンペーたちが入部を迷う場面では、思わず「そうだよな」とうなずきました。

――ぼくはバスケットボールというスポーツが好きだ。見ていても楽しいし、プレイするのはもっと好きだ。だけど、それは試合に勝つという目標があるからこそ苦しい練習もできるわけで、目標がないままにそれができるかと言われたら、ちょっとギモンだった。

ぼくも、ずっと目標を設定しながらバスケットをやってきました。

小学校時代の文集に「バスケットボールの選手になりたい」と書いていたので、将来の夢であったことも確かですが、ふだんはむしろひとつずつ階段を登っていくように、手の届く目標を立ててはクリアしていくタイプです。

まずは「スタメンになる」という目標から始まって、高校時代なら「全国優勝したい」「関東の大学に行きたい」だったし、中央大学に進学してからも「ベンチのメンバーに選ばれたい」からスタートでした。結果的に全日本のメンバーに選ばれたり、プロになれたりしましたが、最初から「大きな夢」を追ってきたわけではないんです。だからいきなり「試合に出る」という目標を奪われ、とまどうジュンペーたちの気持ちはよくわかりました。

結局ジュンペーたちは、「二年生に勝って入部を認めてもらう」という目標を見つけてバスケットボールを続けます。学校内で〝合宿〟をしたり、女子バスケの先輩たちが練習相手になってくれたりと、「そんなウマい話はないよ」と言いたくなる場面もありますが（笑）、とても楽しく読めました。

ジュンペーは国分《こくぶ》学園を「一か八か」で受験して合格したわけですが、ぼくが進学したのも、北陸高校というバスケの名門校でした。出身中学は地元のごく普通の学校で、バスケ部も県大会に出られるかどうかというレベル。全国から北陸高校を目指してやってくる人たちとは、レベルも意識も違っていたと思います。「思います」というのもヘンですが、実はぼく自身はあまり深く考えていなかったのです。そのあたりも、なんとなく国分学園に憧《あこが》れを抱《いだ》くだけだったジュンペーと重なるかもしれません。

ぼくがバスケットボールを始めたのは小学五年生です。クラブ活動に熱心な小学校で、四年生になるとみんなどこかのクラブに所属しました。足が速かったぼくは陸上部に入りましたが、大きな大会がない冬場は体育館の隅でトレーニングをしていました。そんな時、「人数が足りないからちょっと入って」と言われたのが、バスケットボールとの出会いでした。

そのバスケ部に、カッコいいうえに頭もよくて、バスケ以外のスポーツも万能の六年生がいたんです。みんなが憧れるような存在で、ぼくもすぐに「この人はすごいなあ」と憧れました。そして中学に入ると、その先輩から「一緒にやらないか」

と声をかけてもらったんです。すごくうれしくて、陸上かバスケかと迷っていた気持ちはあっさりバスケに向かいました。

その先輩が北陸高校に進み、ぼくも中学三年の夏の大会が終わると、北陸高校の試合と練習を見学に行きました。日帰りのつもりだったのに、監督から「せっかくだから、何日か練習していけよ」と言われ、先輩からユニフォームや練習着を借りて参加することに。両親は驚いていましたが、「レベルの違いを知って、あきらめて帰ってくるだろう」と考えていたみたいです。

結果的に、確かにレベルの高さには驚きましたが、「自分が試合に出る出ないは別として、こういうところでバスケットをやってみたい！」と、逆に強い思いが生まれたんです。そしてあらためて面接を受け、推薦という形で入学しました。

ジュンペーも中学のバスケ部でキャプテンをしていたとはいえ、人数も少ない弱小中学の出身でした。成績も全然ダメなのに、入試で奇跡のようにヤマがことごとく当たり、進学校であると同時にバスケ部は全国大会の常連という国分学園に合格します。ジュンペーも担任の先生はじめ、周りに「おまえには無理だ」と反対されますが、ぼくも両親以外はみんな、北陸高校に進学することに反対でした。生まれ育った新潟の実家を出て福井市内にある監督の家で下宿しなければいけないし、自分のバスケが通用するかどうかもわからない。

「そこまでしなくても」と心配してくれたのだと思いますが、ぼくはもう前しか見ていませんでした。あの時、「おまえがそうしたいならやってみなさい」と送り出してくれた両親には、今でも感謝しています。

とはいえ、実際はすっごく大変でした！　まず、一年生は「プレハブ生活」なんです。ビルの裏に建てられたプレハブで、トイレも工事現場にあるような仮設トイレ。夏は暑く、冬は底冷えのするプレハブに新一年生が六人。荷物もけっこうあるから狭《せま》くてたまりません。

でも狭さの問題はある意味で〝解決〟していきました。というのも、やめていくメンバーが続出したからです。ぼくと一緒に入部した同級生は、通学生も含めて十一、二人いましたが、入学式も迎えずにやめたのが数人、入学後にもやめ、二年生になってからもやめ……と、卒業する時には四人になっていました。朝起きると荷物がなくなっていて、置き手紙だけがポツンと残されている――そんな別れが何度かありました。

もちろん寂しいし、できれば卒業まで一緒にやっていきたい。だから「こいつ、もしかしてやめる気じゃないかな」と思った時は先輩から話をしてもらったり、自分から声をかけたりもしました。でも最終的には自分が決めること。連れ戻しにまでは行けませんでした。

さらに上下関係のきつさにも参りました。監督を頂点に三年生、二年生と続き、一年生は何を言われても「はい」と答えるしかありません。高校に入ったばかりで理不尽なことに直面する、というのもジュンペーたちに重なりますね。

幸いなことに、ぼくは一年生から試合にスタメンで出してもらっていました。でもそれで天狗《てんぐ》になっていた部分があったのでしょう。二年生の時、インターハイで横着なプレーをしたり、監督に反抗的な態度をとったりした結果、監督から練習に参加することを禁じられ、「新潟へ帰れ」とまで言われました。

そこまで言われて、ようやく自分の傲慢《ごうまん》さに気づいたぼくは、必死で監督の信頼を取り戻そうとしました。坊主頭にもしたし、毎朝監督が来る前に登校して、体育教官室の中と周りを掃除してから監督が来るのを待ち、「練習させてください」とお願いするんです。でも監督は「もういいよ。新潟に帰れよ」としか言ってくれません。

コーチやチームメイトは気遣ってくれたし、ぼくも「ここで帰ってたまるか」という気持ちでしたが、やっぱり辛《つら》かったです。みんながコートで練習している間、一人で体育館の周りを走ったりしていました。一ヶ月が過ぎた頃、監督の意を受けたコーチから「とにかく死ぬ気でやれ」と言われ、チームに復帰することができました。

この経験は、自分を見つめ直すいい機会だったと思います。自分がどんなに高い技術をもっていたとしても、バスケは決して一人では勝てません。チームワークが何より大切で、そのためにはまず仲間を信じること。それがあって初めて個人の力が生きるのだと教えられました。厳しく自分を突き放した監督や、間に立ってくれたコーチ、そしてぼくの復帰を待ち続けてくれたチームメイトたち。

こうして振り返ってみると、本当にきつい高校三年間でしたが、人としてたくさんのことを学び、成長できた時間でもありました。あの高校時代があったからこそ、今、プロとしてやれている自分があると思います。

高校時代の仲間たちとは、今でも時々会います。憧れの先輩は消防士になり、相変わらずカッコいいです。同期のなかにはプロになった仲間もいたけど、今もバスケットボールを続けているのはぼく一人になりました。みんな結婚して家庭をもっていますが、試合を観に来てくれます。

みんなで集まれば一気に高校時代に戻り、思い出話で何時間でも盛り上がります。「あの監督、今なら大問題だよな！」とか、もう笑いっぱなしです。大学時代にも、プロになって所属したチームにも、それぞれ大切な仲間ができましたが、高校生という時期を文字通り同じ釜の飯を食いながら過ごした仲間は特別ですね。

ジュンペーたちも将来、「あのときの先輩はひどかったよな」などと言って、笑いあう日が来るのではないでしょうか。

（三菱電機ダイヤモンドドルフィンズ名古屋 所属）

本書は、二〇一二年四月にPHP研究所から刊行された作品を加筆、修正して文庫化したものです。

著者紹介
五十嵐貴久（いがらし　たかひさ）

1961年、東京都生まれ。成蹊大学文学部卒業後、出版社に入社。

2001年、「リカ」で第2回ホラーサスペンス大賞を受賞しデビュー。

著書に『1985年の奇跡』『交渉人』『安政五年の大脱走』『Fake』『TVJ』『パパとムスメの7日間』『相棒』『年下の男の子』『誘拐』『リミット』『編集ガール！』『消えた少女 吉祥寺探偵物語』『学園天国』『1981年のスワンソング』などがある。

2015年1月より、東京・荻窪の読売・日本テレビ文化センターにて、作家志望者のための小説講座『作家道場』を開講中。

お問い合わせは下記アドレスまで。

〈e-mail〉officeigarashi@msb.biglobe.ne.jp

ＰＨＰ文芸文庫　ぼくたちのアリウープ

2015年5月22日　第1版第1刷

著　者　五十嵐貴久
発行者　小林成彦
発行所　株式会社ＰＨＰ研究所
東京本部　〒102-8331 千代田区一番町21
文藝出版部　☎03-3239-6251（編集）
普及一部　☎03-3239-6233（販売）
京都本部　〒601-8411 京都市南区西九条北ノ内町11
PHP INTERFACE　http://www.php.co.jp/
組　版　朝日メディアインターナショナル株式会社
印刷所　共同印刷株式会社
製本所　株式会社大進堂

ISBN978-4-569-76358-3